メイ・サートン

独り居の日記

武田尚子訳

みすず書房

JOURNAL OF A SOLITUDE

by

May Sarton

First published by W. W. Norton & Company, Inc., New York, 1973

Japanese translation rights arranged with The Estate of May Sarton
Russell & Volkening c/o Lippincott, Massie and McQuilkin, New York
through Tuttle-Mori Agency, Inc., Tokyo

Photo by Eleanor Blair

エリック・スウェンソンに

独り居の日記

The New York Times

九月一五日

さあ始めよう。雨が降っている。

窓の外に目をやると、楓の数葉はすでに黄ばんでいる。耳を傾けると、オウムのパンチのひとりごとや、やさしく窓を叩く雨を相手のお喋りがきこえてくる。

何週間ぶりだろう、やっとひとりになれた。〝ほんとうの生活〟がまた始まる。奇妙かもしれないが、私にとっては、いま起こっていることやすでに起こったことの意味を探り、発見する、ひとりだけの時間をもたぬかぎり、友達だけではなく、情熱かけて愛している恋人さえも、ほんとうの生活ではない。なんの邪魔も入らず、いたわりあうことも、逆上することもない人生など、無味乾燥だろう。それでも私は、ここにただひとりになり〝家と私との古くからの会話〟をまた始める時ようやく、生を深々と味わうことができる。

机の上には、小さなピンクのバラがある。えてして秋バラというものは、悲しげで、霜枯れの花弁のいたわしくも短い命であるもの！　でも、ここにあるのは、愛らしい、歌うようなピンクだ。炉棚《マントル》の日本製の壺には、二本の白百合がたわめられ、栗色の花粉を雄しべにつけている。牡丹の葉は、めずらしいピンクを帯びた茶色に変わっている。優雅な花束。日本人なら〝しぶい〟というところだろう。

　こうして私がひとりいる時こそ、花々はほんとうに見られている。心を注いでやれる。存在するものとして感じられている。花なしに、私は生きられまいと思う。なぜ？　一つには、彼らが私の目前で刻々変わってゆくためだ。花々はわずか数日のあいだ生きて、死んでゆく。彼らは私を、生のプロセス、成長、死に触れさせていてくれる。私自身、彼らの生の時のあいだを、漂っているのだ。

　ここにある雰囲気《アンビアンス》は、秩序と美である。それは、ここに戻ってきた私をつかのま脅えさせる。私は自分が十分でないと感じる。開かれた空間、瞑想することのできる場所を私は作りあげはした。しかし、その内部に自分が見出せなかったらどうしようと。

　思うに、この日記を書くことは、それをするための一つの方法である。もう長いこと、私にとって、人との出会いはことごとくぶつかりあいだった。私は感じすぎ、意識しすぎ、もっとも単純な会話のあとでさえ、その反響でくたくたになった。しかし深いぶつかりあいは実はいつも、生まれ変われていない私、人を苦しめつつみずからも苦しんでいる私自身とのあいだに起こっていたのだ。私は今まで一つの目的のために、つまり自分の考えていることを知り、自分がどこにいるかを見出すために、すべての詩も小説も書いてきた。けれど私には自分の納得する人間になることができない。だから今私は不完全な機械のような気がするのだ。まるで肝心の時にはがたがたときしみながら止って〝動こうともしない〟、いやそれどころか、罪もない人の面前で爆発してしまう機械のように。

『夢見つつ深く植えよ《プラント・ドリーミング・ディープ》』のおかげで、庭仕事をする友人がたくさんできた（だがもっと対応のむずかしいのは、私のなかに親しい友を見出したと思っている人々である）。けれど私はこの本が、そうと意識しないで真実を伝えていないことに気づき始めている。ここでの生活にまつわる懊悩と怒りにはほとんど触れられていないからだ。今こそ私は壁をつき破り、そのごつごつした深部、基盤そのものにまで触れたい。そこには、解決されなかった暴力となだめられなかった怒りがある。私はたぶん、立派とはいえない理由でひとり暮らしをしている。私は箸にも棒にもかからぬ人間であり、しかるべく抑制することを学ばなかったため、一つの言葉や一つのまなざし、雨の日、あるいは飲まなかった一杯のお酒にも平衡を失ってしまう気質のおかげで、人から離れている。私にはひとりでいる必要があるのだけれど、一面では、かぎりもなく空虚な沈黙をひとりもてあますことになったらどうしようという不安があって、それと均衡を保っている。たった一時間のうちに私は天国に昇るかと思えば地獄にも下る。私が生きながらえているのはひたすら、自分に仮借のない日課を課すことによってなのだ。私は手紙を書きすぎ、詩を書くことが少なすぎる。外見には沈黙しているようにみえても、頭の奥は人間の声や、多すぎる要求や希望や心配で割れるようだ。〝未了〟や〝未送〟のことがらに追いまわされずにじっとしていられることなぞ、およそない。私はよく疲労でくたくたになったと感じるけれど、それは仕事のためではない（仕事は休息だ）。新鮮な気持ちで張り切って仕事にかかる前に、他の人たちの生活や要求を追い払ってしまわなくてはならない、その努力で消耗してしまう。

九月一七日

ふたたび内部の世界をおしあけて書き始めるが、つらい。数ページ書いただけで気がめいってしまった。暗い雨の日が二日もつづいているのでなおさらだ。涙がせきをきってあふれだす。どうやらこの涙は、挫折感や、ゆき場を失った怒りにつながっているらしいのだが、前ぶれもなく私をおそってきたのだ。ひどく沈みこんでいたので、八時すぎまで起きなかった。

新しいユニタリアンの教会で詩を読むためにブラットルボローまでドライブするが、不安と気疲れでくたくただった。必要な活力をどうしてふるいおこすのだ？　さかのぼって初期の宗教詩から、まだ出版されていない新しいものまで論ずることになっていた。それはどうにか無事に終わった――いや少なくとも大事故にはならないですんだ。でも、あの大きな部屋に集まって窓の外をながめている親切で聡明な人たちはなぜか神のことを、また（多くの詩が語っている）神の不在のこと、神の存在のことをほんとうに考えたくはないのだと思えた。まちがっているかもしれないが。そのいずれについて考えることも、私たちをおびえさせる。

帰途、死にかけている旧友のパーリー・コールを見舞う。妻と別居していて、つい最近ディケンズばりの養老院から、うんとましに思われるホームに移ってきたばかりである。彼は日ごとに透明になり、骸骨かなにかのよう。手を握ってさえ、骨が壊れはしないかと不安になる。それでいて、今は手を握ることのほかに心を通わせる術もない。私は彼を持ち上げ、赤ん坊のように抱きしめてやりたい。パーリーはおそろしく孤独な死を迎えようとしているのだ。

顔をみるたびに彼は、ひどいもんだ、とか、こんなふうに終わるとは思ってもみなかったと言うのだ。

この敷地には、いたるところ彼の手が入っている。丸い花崗岩のわきにある三本の小さな木は、牧場全体にアクセントをつけるよう彼が念入りに刈り込んだものだ。木陰にある新しい縁石は、ここでの彼の仕事の最後の日々に私のために掘り起こしてくれたものだし、手入れのゆきとどいた石塀は、私の畑と教会を隔てている。彼が年に二回茂みを刈り、石塀のところまで整地した二つ目の畑は、もとの荒れ地に戻ってしまった。ここでは、同じことを何度でもくり返さなくてはならないのだが、それにはパーリーのような男のしぶとさが必要なのだ。私ひとりではどうにもならなかった。私たちはこのひとひらの土地を愛し、なんとか整った美しいものにしようと懸命に力をあわせたのだった。

パーリーのこの最後の仕事には、一種の気楽さがあったとわたしは考えたい。彼の長い農場づくりの重労働に比べると、あそびのようなもの、彼の専門知識や技術が要求されるゲームのようなものではなかったかと。私のもの知らずをパーリーがどんなに楽しんでからかったことか！

彼が草を刈り、木にはさみをいれているあいだ私も机にむかって似たような格闘をしていた、たがいを仲間として意識しながら。ふたりともひるを待ち兼ねた。正午になると私はその日の仕事をやめ、台所のいすに坐った彼と一、二杯のシェリーをたのしむ。「公判が開かれていてね」と彼は、朝じゅう考えぬいていたすてきな話を聞かせてくれるのだった。

考えてみれば奇妙な関係ではあった。彼は私の生活をほんとうには知らないのと同然だったから。言葉にこそださなかったけれど、私たちは同類であることを知っていた。彼は私の腹立ちを、わたしは彼のそれを楽しんだ。たぶん、それは私たちの関係のある部分をなしているに違いない。つまり、生活上のあれこれの事実よりも、深いところで、たがいの性質への基本的な理解があったのだ。孤独で困難な最後を迎えようとしている今でさえ、彼は限りない威厳にみちている。もっとらくな道はないものか。こんな状況で死ななくてはならないことに苦い憤りをいだいて彼のもとを去る。「わかってはいる。しかし承知できない。それにあきらめてもいない。」

一二歳の子供の詩を同封した手紙がとどく。彼女の母親が私の意見を聞くようにと手紙を書かせたのだという。この子は真実ものをみる目をもっていて、なにか助けになることを書いてやれそうだ。だが、芸術とか、技術のいろはさえ学ばないうちに喝采を求め才能を認められたがる人のなんと多いことだろう。いやになる。インスタントの成功が今日では当たり前だ。「今すぐほしい！」と。機械のもたらした腐敗の一部。確かに機械は自然のリズムを無視してものごとを迅速にやってのける。車がすぐ動かなかったというだけで私たちは腹を立てる。だから、料理（TVディナーというものもあるけれど）とか、編み物とか、庭づくりとか、時間を短縮できないものが、特別な値打ちをもってくる。

九月一八日

ひとりでいることの価値――その価値の一つ――はいうまでもなく、内部からの襲撃にたいして衝撃を弱めるクッションの何一つないことであり、それはちょうど、とくにストレスや抑鬱のひどいとき、バランスの助けになるなにものもないことと同様である。ごみを集めにくるアーノルド・マイナーとのとりとめもないおしゃべりが、心の嵐をしずめてくれるかもしれないのだ。けれど、どんなに辛かろうと、その嵐は真実をたくわえているかもしれない。時には気持ちのふさぎにただ耐えて、それが明るみに出すもの、要求するものを見つめるほかはない。

私には抑鬱の原因よりも、それに耐えて生きるための処理の仕方に興味がある。今朝は四時に目をさまし、気分のすぐれないまま一時間ばかりベッドに横たわっていた。またもや雨がふっている。ようやく起き出して雑用を始め、暗い気持ちの晴れるのを待つことにした――そしてほんとうにそれができたのだ、屋内植物に水をやることで。にわかに、喜ばしい気分が蘇ってきた。というのも私が、単純な、それも生きた必要をみたしていたからだ。塵払いのような仕事はけっしてこんな効果をもたらしてはくれない。（たぶん、私がよいハウスキーパーでないのはそのあたりに理由がある。）ひもじい猫にたべものをやるとか、パンチに新しい水をやるとかは、私を落ち着かせ、楽しくさせる。

私の知っている平安はすべて自然の世界にあり、どんなに取るに足りなくとも自分がその一部であると感じることにある。ワーナー一家の気分のよさや知恵はここからきているのかもしれない。彼らは自然といつも結びついて働いているからだ。しかし、ことはそんなに単純なのだろうか？　いやそうではない。彼らの生活には忍耐強い理解力、想像力、たとえば悪天候など不断の災難に耐える強さが要求される。自然の力に逆らわず、それと共に生きるためには、同じ仕事をくり返し、動物に餌をやり、納屋や家畜小屋を掃除し、あの複雑な世界を維持するための、尽きることをしらない活力を日ごとに呼びさますことが必要なのだ。

九月一九日

太陽が出ている。それは霧をぬって立ちのぼり、芝生に落ちる雨の滴《しずく》をきらきらと輝かせる。空は青く、空気は和やか。おまけに私は今、ちょっとした奇蹟をやってのけたところだ――大きな二輪の秋咲きのクロッカスと、ピンクの花弁をつけた菊の小枝、名前を思い出せないのだが（アルテミシア？　アレスーザ？）あの銀色っぽいよもぎの一葉を小部屋にあるベネチアグラスの花瓶に出現させるという奇蹟を。

これが新しい日にとっての吉報でありますように！

神経の抑鬱状態というものは、回転する車輪のように文字どおりくり返しやってくるからうんざりする。昨日、シスター・メリー・デイヴィッドから手紙をもらったとき、私はこのサイクルからしばしぬけ出すことができた。彼女は今、仕事のために選んだサウス・カロライナ州の小さな町で、生協《コープ》のマネジャーをしている。彼女の手紙はいつでも、現実生活で起こっていることと、たった一人の人間がこれほどのことをなしうることへの驚きを運んでくる。シスター・メリーは言うのだ。「こんなわけで、私がコープの仕事にいちばん関わっているのはもちろんです。でも私は、この州にいる数知れない絶望した家族たちに日ましに多く出会うようになりました。それは挫折し、寄るべがなく、病んでしかも助けの手を持たない人たちなのです。ある日私は一人の老人を買物に連れてゆきました。彼に必要な物を買うと、全部で一〇ドル六セントになりました。財布の底を払ってみましたら、なんと一〇ドル六セントぴったりあったのです！　善なる神がいつも私を見守っていてくださると思わないわけにはいきませんでした。ふしぎなことが何度となく起こるのです。先日はまた、年輩の婦人が、自殺をはかった一二歳の男の子と話し合ってほしいと、中古の家具屋さんの表で、雨のなか、私を待っていられました。彼の父親と継母は、着衣もなく、行き場もない少年を追い出したのです。でもまあなんとか、今では彼はましな状態になりました。私はこの子に着るものと、お祖母さんが小屋の中で使ってもよいと同意してくれた折りたたみのベッドを買いました。目を放さないように気をつけて、昨日はランチを買ってやりました。いく人ものこうした人たちが私の行く手を横切ってゆきますが、危機が去ると、彼らはどこかに消え去ってゆくのです。」

私の心は小切手を送ること、それが即座に必要な助けになることを知っていることで晴れ晴れした。組織を通しての慈善行為には、私たちはうんざりしている。一週に三度も同じ団体から依頼がくるし、二週間前に小切手を送ったばかりの団体からさえ、往々にして要請がくる。私たちは、与える側も受け取る側もみな、コンピューターに組み込まれている。シスター・メリー・デイヴィッドに示されたような直接に人間と関わるやり方と比べると、味もそっけもない。彼女は教団から派遣されたのではなく、夏のプロジェクトを通してなすべきことを発見し、そこにとどまることにきめ、そのための許可をなんとかしてとりつけたのである。これはシスターズ・オブ・マーシー教団の伝統に違いない。

こうした困難な時代にあってただ一つ希望を抱かせてくれるのは、アスファルトをつき破って、個人の主導権が、つまり、人間の想像力の逞ましい若芽が、どれほど多くの目的を達成しているかを知ることだ。すぐに思い浮かぶのはサウス・カロナイナ州ボーフォートのドクター・ギャッチが、病気の黒人を独力で癒やしたこと。彼の悲劇的な最期は別として、ギャッチ医師は、ほとんど飢餓線上にあったあの土地の状況に、米国国会の目を向けさせた。われわれは、一人一人に力があること、山をも動かす創造的な力があることを信じなくてはならない。いうまでもなく、ジーン・マッカーシーがした偉大なことは、これを政治の上で立証したことである。彼のために働いていたあいだ、私たちは、政治が人間の声に道を譲るのではないかと信じたものだ。けれど人間の弱さが、すべてを台無しにしてしまうのはなんとも悲劇的だ――ジーン・マッカーシーの虚栄心、あるいは、ギャッチ医師が努力を続けるために薬びたりになった例のように。われわれには何でも、いやほとんど何でもできるけれど、何かをするためには、人はなんと均衡を保ち、寛大かつ謙虚であらねばならないことか！　そしてなんと忍耐強くなくてはならないことか。これは芸術にもよく当てはまること。

そんなわけで……働くことだ。それは、引き出される当然の結論というわけではないけれど。私はけっして直接的に、活動的な人間の仲間ではない（時折り、教師として以外は）。それでも、奇妙に思えようと、私の仕事が誰かのために役に立つことがあると思い知らされることが、時としてある。このことを確実に信じられるようになったのは、ネルソンでのここ数年に過ぎないのだけれど。

九月二一日

昨日の日曜日は、パーリー・コールの誕生日だった。午後彼に会いにゆくとき、パジャマを携える。今回は少しばかり彼と話をすることができた。パーリーは新しい場所に移ったために、その変化で苦しんでいる。外部の者から見れば、元のひどい場所、地に沈み込んでいるあの古く汚らしい農家、嘘とほったらかしの雰囲気と比べれば格段の改善なのに。年老いた親を、一人しかいないわけではない子供たちが見捨て、彼を生き埋めにしたあの場所と比べると。けれどパーリーにしてみれば、あそこにこそ自分の根を張っていたのだ、いや、意識を確かに保つためにはそのほかに道はなかったのだ。そして今や、これらの根が引き裂かれたのだ。あとどのくらいもつだろうか。彼の手は透明になり、眼だけが、言葉に出すよりよほど多くを語るあの透徹した眼差しだけが、パーリー・コールのものだ。

昨日、あの悲しい遠出をする前、外を見ると、二人の老人が芝生の端に立っているのが見えた。それから二人は丘を下り、また戻ってきたが、私が外へ出てくるのを望んでいるのは明らかだった。だから私は出ていった。彼らが一度ならずここに来たことがあるのははっきりしていた。私の『夢見つつ深く植えよ』と、詩の愛好者なのである。彼らはヒトラーからの亡命者、シャーロットとアルバート・オプラーだとわかった。米国に来た後、マッカーサーによって日本へ送られたのだったが、それはアルバートが法律の専門家として、日本の新憲法の草案を書くためだった。私がタイム誌向けにこのところ書評を書いているエリザベス・ヴァイニングを彼らが知っているのはいうまでもない。

でも私はなぜ、私の気鬱のことを、涙を流しそうになりながら話してしまったのだろう？　まったく知らない人たちにこんなことを話すなんて、ばかげている。おそらく、ねぐらにいたけだもののように、不意を襲われたためだろう。私は朝から書きものをしていて自分の内部をさらけ出していたから、彼らが見せてくれたような親切さや理解にこたえる用意がなかったのだ。ここにいるとき私の建前は本音と同じになる。それこそ私の望むところ。だけど、それが私のおろかしさを正当化するわけじゃない。

私は古い日記にこのことを記している――ハンフリー・トレヴェリアンのゲーテについての言葉だ。「偉大な芸術家が、長い生涯の終わりまで創造的であろうとするなら、二つの資質が必要なように見える。一方で彼は、異常なばかりに鋭い生の意識をもち、けっして自己満足に陥ってはいけないし、けっして生活に満足してもいけない。常に不可能を求め、手に入らないときは絶望しなくてはならない。夜も昼も、その神秘の重荷を彼は負わねばならない。彼はまた、慰めようのないむき出しの真実にゆり動かされなくてはならない。この神聖な不満足、この不均衡、内部のこの緊張状態こそ芸術的なエネルギーの源泉である。多くの詩人は若い時だけこのエネルギーをもっていたが、偉大な詩人でさえ人生の半ばでそれを失ってしまうことがある。だがこのダイナミックな緊張はあまりに強いので、芸術家が円熟する以前に、彼を破壊してしまうことの方が多いのだ。」

芸術は緊張から生まれなくてはならないのだろうか？　一、三か月前、私は実りを結んだ愛から生まれた一冊の詩集という幸福な仕事を夢見ていた。けれど今、私はここに戻って悩みぬいている。でもひょっとするとこれは健康の兆しではないか？　誰ぞ知る？

昨夜、パーリー・コールが亡くなった。私が彼に会ったのは三時半だったが、半ばしか目覚めていなかったので起こさないで、ベッドの脇に少しのあいだ立っていた。六時に老人ホームの寮母が、彼の意識が失われてゆくと電話してきた。一時間後に電話を返すと、救急車でキーンの病院に運ばれたという。（なぜ老人ホームで彼を死なせられなかったのだろう？）何マイルも離れたチャールズタウンにいる彼の娘メアリーが、パーリーは救急車の中で死んだと教えてくれた。葬儀はないだろうが火葬に付されるだろう、遺体はただひとりでケンブリッジへ送られ、灰がヒルズボロー墓地にまかれるだろう、という。彼は妻の長患いのため、長期間別居していた。私の知っているかぎり、それはもっとも孤独な死に方であり、死であった。この最後の何か月か、パーリーは私に何度言ったことだろう。「こんな終わり方をするとは、思ってもみなかった」と。

人はこのような死をどう受けとめればよいのだろう？　まるであの激しい仕事ぶりと威厳と自尊との全生涯が、最後にはまるで古いビールの缶同様捨てられてもよいとでもいうように、人々がわきへ放り出されてゆくとは、いったいわれわれには何が起こってしまったのだろう？

パーリーは私に多くを教えてくれた。彼の緩慢で着実な働き方は私に忍耐を教えてくれた――「気を張らずにやればできるよ」と。小さな仕事に対する限りのない心遣い、草を刈ったあと、木の周りを刈り入れるときのひざまずき具合、私のためよりも、彼自身の良い仕事の基準を満たすための彼の働き方――そして彼には、「良い仕事」に要求されるものが何かを私が半分も理解してはいなかったことが、よくわかっていたに違いなかった。私は彼を愛した。彼に道具を投げ出させ、仕事を放棄させるかもしれない彼のなかの一脈の荒々しさを愛した。パーリーは何かの鬼と闘っていた。

パーリーは彼の人生のドラマを強烈に生きた。そしておそらくそれが彼を凡俗から際立たせたのだろう。もうずっと前に私たちはたがいを、情熱的で、へそ曲りで、気位の高い同類だと深いところで認識し合っていたのだ。私はそれを、彼についての詩「識別」*の最後で言っている。彼をしのぶよすがに、今それを思い出してみよう。

＊ 詩集『個人的な神話』

〝こん畜生め！〟と呟くパーリー
いやもっとひどい言葉さえ
きいた私は　われ知らず
衿を正して彼を見る
あの人　ほんとうにお友達？
目を丸くして人はいう
そうです、いかにも、そのとおり（こん畜生！）
未来永劫かわりなく

ブランクーシの作品《ゲーム》とも
肩を並べるパーリーの遊び
そういえば　お祈りに似てなくもない
パーリー・コールのあの悪態

だから　その余は忘れよう
たとえ火焔《ほのほ》ふる焦熱の
地獄の凍る地異にさへ
讃えよう　この稀に見る
鎌もつ芸術家《たくみ》の真剣を
刈りこみ、清め、掘り起こす

危険と技《わざ》と、喜悦《よろこび》を
ある日は　智恵にみちていた
この老人が　野に立てば
荒い血潮と　やさしさが
噴火を秘めた　忍耐が
私の胸をふるわせた
呼ばせてほしいこの人を
わが血の続き　さもなくば
忌まわしい日の　吉兆と

「ものごとって、そうしたもんさ」は、パーリーの口癖だった。

Photo by Eleanor Blair

九月二五日

昨日は前庭でキノコを摘み、ミルドレッドのためにコップいっぱいのラズベリーを摘む。木の葉は早くも散り落ちてゆくが、まだ色合いは柔らかで、燃え上る一〇月のそれではない。空気は熱帯のように湿気を含み、私を消耗させる。

九月二八日

太陽《ひ》が出ている。目をさますと美しい霧。そこここのくもの巣には露のしずくが光っているが、アスターは雨にやられ、コスモスはかなり傷めつけられている。でもこの季節には、木の葉が花の咲くように色づくのを待っていられるので、庭の花々が一つ一つ姿を消してゆくのに耐えることができる。

ミルドレッドは、ここへ掃除に来てくれている。彼女が最初にここへ来はじめてから、その静かで、ユーモアと威厳のある存在がこの家のすべてをどんなに祝福してくれたかと思う。私の孤独には生気が与えられこそすれ、それが破壊されることはなかった。私は机の前に坐り、彼女の感じやすい手が、埃を払い、秩序を作り出すのに忙しいことを知っているために、仕事がはかどる。一〇時になると、コーヒーを飲みながら話すために腰を下すのだが、それがつまらないお喋りであったためしがない。今日彼女は、裏庭に面した家の窓の外にあるチョークチェリーの梢に、完全な円形をしたくもの巣が、露の玉で光っているのを見たと話してくれた。彼女と私は多くの喜びや悲しみを分け合って暮らしてきたので、それらは私たちの交流のなかに深く織りこまれている。

私はへそ曲りだから、往々にしてつきあいにくい存在になる。私にがまんのできないこと、私を猫のように尻尾をふくらませて怒らせるものは、気取り、独善《ひとりよがり》、言葉のはしばしに見えてくる卑しさである。私は魂の卑しさと粗野を憎む。意味のない冗舌を情熱かけて憎む。なぜだろう？ たぶん、今の私にとって、他の誰かとの出会いは、衝突を意味しているからだろう。それはいつでも高価につくが、私は時間を無駄にしたくない。戸外にいることは時間の無駄にはけっしてならないし、少時間憩いをとることもけっして無駄にはならない。そのときこそイメージが浮かんできて、私の仕事の計画が生まれるのだから。でも、社交的な外面だけでの人づきあいは、時間の無駄だ。ほんとうの人となりを見抜こうとして、私はあらゆる努力を傾けるが、それができないときは心が落ち着かず腹を立てる。無駄になった時間は毒をもつ。

ネルソンが私に合っているのはそんなわけである。ここの隣人たちはけっして見栄を張らないし、ひとりよがりということはまずないし、彼らに粗野さがあったとしても、それは荒々しく健康なものだからだ。ワーナー夫妻やミルドレッドやアーノルド・マイナーにはけっして退屈させられることがない。それは（このあたりでは、まったくみつけにくいことだが）真に教養のある、世間に通じた人が人を退屈させないのと同じである。——私はたまさかのヘレン・ミルバンクの訪問に心を温められる。中でもすばらしいのはアン・ウッドソン、K・マーチン、エレノア・ブレアなど、古くからの親友たちであり、彼らとの会話は、人生の喜びやヴィジョンを分かち合う花束のようになる。エレノアは週末ここに滞在したばかりだ。私たちはコネティカットの谷間を見下す野原で、すばらしいピクニックをした。森の外れの木陰に毛布をひろげ、かすみのかかったなだらかな丘陵や、ひろがる空間、一九世紀の雰囲気をもつ川の流れを存分にたのしみ、至福のときを過ごした。その全景がまるで彫った絵といってよいほどだった。川には船が航行できなかったから、河岸さえ、何百年ものあいだ、ほとんど変化していなかったのである。私たちのすぐそばで、たくさんの秋の虫がきりっきりっと鳴くのに耳を傾けた。帰り道にエレノアはこおろぎのような、長い羽をもった明るい緑色の驚くべき虫を指してみせた。もっと先で彼女は朱い実をいっぱいつけたメギの二枝をとってくれたが、それは今この家の炉棚におかれた日本製の花瓶に入っていて美しい。

それにもかかわらず、ひどく気持ちが沈んでいるために客を迎える用意をし、料理をすることは、私には至難の技のように思えた。

けれど、実際にその努力をしたことは私によい効果をもたらした。私はなすびの中にハムときのこの詰め物をしたのだが、これはエレノアには珍味なのである。それに、ひだの入った紫のなすびが、スイートポテトに囲まれて洋皿に立っている姿は、なんとも豪勢に見える。

これらすべての楽しみも、ついに私の疲労と、花瓶の花が枯れていると指摘されて私が腹を立てたことで台なしになってしまった。典型的な私流で、筋も通らないかんしゃく玉を破裂させてしまったのだ。今日声が涸れてしまったのだから、おそろしい大声でわめいたにちがいない！　私はまったく罪にふさわしい罰を受けた。ものすごくいやなことを口に出したために、今私は力をそがれ、話すこともできない。こういった怒りは発作のように起こり、それがおさまってしまうと後悔の念で私を悩ませ、無力にしてしまう。私をよく知り、愛してくれる人たちは、それを私の一部だと受け入れてくれるようにはなった。でも私にはそれが受け入れられるようなものではないことが判っている。私はなんとかそれを癒やそうとつとめなくてはならない。てんかん病みが、薬で発作をそらせることをおぼえるように、それをそらすことを学ばなくてはならない。ときに私は、それは怒りと私の生命そのものとのラオコーンの争いのように思えてくる。まるでその怒りは、私を赤ん坊のころから支配していた魔女のようであり、こんなに罪深い行動を見せてしまったあと私を襲う自殺的な気分沈下を通して、彼女が私を征するか私が彼女を征するかを争うのだ。

また時として私には、こうした怒りは、出口を求めている欲求不満の重なりが、関係もないつまらぬことで爆発するのではなく、途方もない創造的な衝動が逆方向に向かったもの、貯えられていたものが、せきを切って溢れ出したもののようにも思われる。私はこうした発作を、赤ん坊のころからもっていた。

話は私が二歳だったときのウォムデルヘムまでさかのぼる。白い毛皮にくるまれて、ある雨の降る冬の日に連れ出された私は、ある店頭の金魚鉢に魅せられてしまった。ひどく欲しがったのに、駄目だといわれて、私は白いコートもろとも泥の水たまりに身を投げてしまったのだ。そのかんしゃくの激しさが両親を心配させ、医者のすすめで、その後ふたたび発作が起こったとき、彼らは私を服を着たままぬるい湯の中につけた。その次の発作では私は怒りにもえながら叫んだものだ。「お風呂に入れて！　お風呂に入れて！」このいきさつは、その年齢の私が、怒りの発作の只中でさえ、それが抑制されねばならないと知っていたこと、当節の言い方をすれば私に助けが必要だと意識していたことを示唆している。

だが、何かを欲してそれが与えられないということと、先日のエピソードのあいだには違いがある。私が（分別もなく）爆発したのは、不当だと思われた批判に対してであった。お客を迎えるということにまつわる世間的な用事をなんとかやってのけようという努力で、私には緊張がすでにたまっていた。私は古い親友のエレノアをもてなそうと、あらゆる心遣いをしていたのだった。そして馬鹿なことだが、攻撃されたと感じたのだった。私が花を生けることにプライドをもち、枯れた花を周囲におくことに耐えられないのはいうまでもない。それにしても、私の反応は均衡を失って、狂気じみていた。そしてそれこそが、全体をおそろしいものにしたのである。こんなとき、私はほんとうに頭がわれそうになり、かんしゃくを起こすことで救われることには疑問の余地がない。だが私は罪悪感と恥ずかしさで、それに重い支払いをしなくてはならない。「怒りは短いあいだの狂気だ」とホレースは言った。

時にはまた、私のようにかっとなりやすい人間にとって（フランス人はこうした資質を煮こぼれるミルク入りスープと呼んでいる）かんしゃくの発作は、狂気や病気への安全弁ではないのだろうかと考えることがある。私の母は父に対する怒りを抑えつけていたが、私は節制の影響を彼女のなかに見ていた——すぐ思い浮ぶだけでも、移動性の頭痛と頻脈の二つがある。神経体系はまことに神秘的だ。母を怒れる人間にしたまさにその同じものが、あらゆる種類の試練に耐えるための驚くべき強靱さを彼女に与えたのだ。彼女の怒りは埋もれ火だった。その炎は私たちがベルギーからの亡命者として、アメリカの生活にゆっくりとみずからの場所を発見していったあの困難な年月を通して、私の父と私を支えてくれた。

私のなかにある獰猛なまでの緊張感は、適当なチャンネルを得ると、仕事のための良い緊張を生み出してくれる。だがそのバランスが失われると、私は破壊的になる。その良い緊張を仕分け出すこと、スープが煮こぼれないうちに火を小さくすること、それが今の私の課題である。

九月二九日

昨夜は霜の予報があったので、戸外に出てまだ青いトマトの枝を集め、二階の洗濯室に、熟れるようにと吊した。それから、見つけられるかぎりのやさしい小さな花々――キンレンカ、コスモス、ヤグルマギク、晩咲きのバラなど――をみな摘み、最後に三本のベゴニアとゼラニウムを鉢に植えて家に持って入った。ベゴニアは驚くほどうまく生育してきていた。最初は去年の冬に屋内植物として、夏中は戸外で咲いた。丈夫な植物は大きな慰めである。こうした仕事をしているあいだ、晩い午後の光には哀調があった。でも今までのところ、これをもっともすばらしい秋に数えるわけにはいかない。今日は朝から、グレイシー・ワーナーが木の葉をかき芝を刈っているのだが、雷の来るときのように空が暗くなった。

球根が早く届けばよいと待ちわびているが、それというのも、初秋の憂鬱な雑用のなかで、球根を植えることは希望のある、心の躍る仕事だからだ。この奇妙で、暑くて、不確かな九月が過ぎてしまったら、一〇月がどんなに嬉しく思われるだろう。

この何年間かではじめて、「亡き子をしのぶ歌」（マーラー）をかけている。一種象徴的なゼスチュアではないかと思う。私は子供をなくしたことはない。けれど私のなかの赤ん坊はいやでも成長しなくてはならない。その成長の過程で、赤ん坊は泣きかつ怒りながら死ぬほかないのである。この最後の文章を書いたとき、ルイーズ・ボーガン*がケイトリン・トマス**の『抹殺すべき余生』のために書いたすばらしい書評を思い出す。ルイーズはいう。

無垢と暴力は恐ろしいものである。人類学の知るかぎり、事実上すべての部族の青年に課せられた厳しい儀式は、二つの基本的な断定を主張している。すなわち成長せよ、そして鎮まれと。成年になると、その非合理性のために全体の平和を乱しかねない喜び、怒り、悲しみなどの強い感情を抑えるのが必要になることに人類は気付いた。ギリシア人は、神の意志に逆らって盲進する人々を怖れるようになった。ギリシア悲劇の重々しいコーラスは、きわめて激しい情熱に苦しんでいる男なり女なりに、警告を与え続け、注意を促し、彼らに理性をとり戻させようとする。神はこうした高慢を罰するに違いないからである。しかもなお、心の純潔と感情の激しさは、どんな種類の偉大な業績の達成にも必要であることは、真実であるし、過去にも常にそうだった。芸術は、それらなしに存在しえない。ケイトリン・トマスはこの本で、これらの危険な資質を保持し続けることのできた、まれな人間の一人であることを証明している。しかも彼女はそれを、ほとんどの人が完全に失ってしまう年齢にいたるまで、純粋な状態で、高度に機能できるほど保っていたのだ。

しかし、ケイトリン・トマスは大芸術家ではない。ルイーズはよく私に言ったものだ。「地獄は仕事のなかにもち込まないことよ」と。私はこのことについていろいろと考えてみた。私は、芸術の仕事（ことに詩について考えているのだが）は、自分と神との対話のようなものであり、相剋よりむしろ解決を示さなくてはならないと思うのだ。なるほど相剋は存在する。だがそれは、詩を書くという方法を通して手なずけられている。怒ったり金切り声をあげての祈りは、神の耳にはふさわしくない。だから私の生活には地獄があるが、それを仕事から遠ざけてきた。だが今それは、私がもっとも大事にしているものを破壊しようと私を脅やかしている――一年半恋をしていたために、実りをもたらさな

＊　ルイーズ・ボーガン。一八九七‐一九七〇。アメリカの詩人、批評家。『アメリカ詩の業績』など。

＊＊　ケイトリン・トマス。二〇世紀有数の英国（ウェールズ）詩人、ディラン・トマスの妻。『抹殺すべき余生』『ディラン・トマスとの生活』で、詩人の末期を克明に描いた。

くなり、代りに淋しさとだけ化してしまった私の孤独の生活に、私を追い戻そうとしているのだ。そして今、私は生活のなかの地獄を支配すべく、闇のすべてを明るみに出そうと力を尽くしている。もう大人になってもよい時なのだから。

「人はどうやって成長するもの?」と、私は先日友達に訊ねた。しばらくの沈黙のあと、友は答えた、「考えることによってよ。」

「……幸福の経験はもっとも危険なものである。なぜなら、存在しうる幸福というものはすべて、われわれの渇きを大きくさせ、愛の声は空虚を、孤独を響きわたらせるからである。」(フランソワ・モーリアック『ある三〇歳の日記』)

一〇月五日

目をさますと、牧場は霜で明るい銀色におおわれ、黄色い木の葉を通してきらきらする日光が小屋の上に射していた。目を休ませられるこの平和な広い空間がなかったら、いったいどうしよう？　それは、この場所全体のなかでの神秘的なすきまだった。これこそ、ここを離れていたあと、まるで深い呼吸でもするように、私が戻ってくるところ。たとえ週末でも、留守をするたびに、家と庭を甦えらせなくてはならない。私の不在によって何かが死に、立て直されなくてはならないのだ。

なだれのような郵便の山に見舞われた。香草でくるまれたばかでかいキノコのように、料理法つきで楽しい驚きを与えてくれるものもある。今まで見たこともないのだが、何かの魔法に使われたのだろうか。別の包みには、ホーム・メイドの無果花の砂糖漬けが入っていた。買ったのではなく、探し集めたか、手で作ったこうした贈り物の祝福が心にしみる。

三〇通かそこらの手紙をふくむこれらのいっさいを、なんとか私は傍らに押しやった。というのは、透明な秋の光のなかをずっとコネティカット川沿いに車を走らせ、ブラットルボローに近づくにつれて昔仲間のような丘陵にめぐりあう。こうして家路に向かっている間じゅう、私の心のなかに空間、つまり、詩のための内部空間をつくる決意ができていたからだった。喪失はすべてを鋭敏《シャープ》にする。私はここ何週かの短い週末に苦しめられていた。愛の根を引き裂いたことで、また私がストレスの下でもっとよい行動をしえないことで苦しめられている。その詩というのは、沈黙についてなのだ。恋人たちがなにかを知りうるとしたらそれは沈黙のなかだけであり、そのなかで彼らが知ることは深く、滋養に溢れていて、いうなれば手の平から足のきびすに至るまで養分を与える。

　こうした思いにふけっていた少時間、私の裸身は愛の衣で包まれたかのようだった。でも帰ってみると、私は自分がひとりぼっちであることにふるえ、淋しさに顔をつき合わせ、それを手なずけようと試みなければならなくなる。私が歩み入る家は、古なじみのようではない。パンチだけが歓迎の声をあげるが、花はない。古くなった煙草の匂い、開かれなかった窓。どこかで私の生活が、もう一度創り出されるために私を待っている。

　他の小包の中に『愛のかたち』*の初版が入っていた。ちらっと見て、ノートン社が美しい装丁をしてくれたことを知り、友人に宛てて三冊を小包にする。でもこれを共に祝ってくれるひとがいないとは、なんという悲しさ！

　秋のクロッカスのすばらしいこと、それにラベンダー色のアスターは、落葉の中の青い炎だ。小部屋のマントルのヴェネチアグラスに入れるために、クロッカスと、二、三の晩咲きのばらを摘んだ。

それから夕食を料理した。ホコリタケは恐ろしいほどのからし色で、どちらかというと苦かった。

今朝は泣きながら目をさました。六〇近くにもなって、人は自分を大きく変えることができるだろうか？　私はいったい、意識のずっと下で生まれた怒りや敵意や相反する感情などを統制することを学ぶことができるだろうか？　それができなければ、私は愛している人を失うだろう。私にできることといえば、瞬間瞬間を、一時間一時間を、生き続けることだけだ——小鳥に餌をやり、部屋を片づけ、たとえ私の内部には築きえなくとも、せめて私の身の周りに、秩序と平和を創造することだ。一〇時半。外はあまりに輝かしい光にみちているので、家の中が異常に暗く思われる。私は暗がりのなかにある、ホールから小部屋、その先にある窓をつきぬけ、透明になった金と緑の束なす木の葉まで見透す。

この書斎に射している日光は、あの秋特有の白さで、あまりに澄明なので、それにふさわしい内部の行為を要求するかのようだ……明確にせよ、明確にせよと。

＊ *Kinds of Love.* サートン著、一九七〇。

一〇月六日

昼食に誰かを待つ日は、ふつうの日とはまったくちがう。家じゅうに美しく花を飾るにも理由があるし、今日訪ねてくるアン・ウッドソンは、それにすぐ気がつくだろう。彼女はこの家を、私のごく限られた友達にしかできないやり方で見てくれるからだ。それはたぶん、私がいないとき、彼女がここに住んだことがあるからかもしれないし、枝を切ったり草を刈ったりしてこの家に住みつき、一度なぞはリネン戸棚を整理さえしてくれたからかもしれない！

まろやかな、やさしい日和。トネリコは葉を落してしまった。郵便をとりに外へ出てこの木を見上げようと立ち止ったとき、間もなくここではあらゆるものが骨組みだけ残してそぎ落されることを想って嬉しくなった。今は紅葉と色彩への豊かな別れの時である。

私は樹々が、なんと容易に季節に身をまかせ、その豊潤な富を散らせてしまうかに、そしてまた歎きもなしに（そう見えるのだが）冬枯れを迎え、深い根に身をひそめて蘇生の眠りにつくことかに思いをめぐらせる。T・S・エリオットの言葉が、このごろ殊に思い浮かんでくるのだ。

教えて下さい
心を砕くこと
心を砕かぬこと
じっと佇むことを

それは私が秋ごとにかけるマーラーの「訣別」（ブルーノ・ワルター指揮、キャサリン・フェリア独唱）にもある。しかしマーラーの場合は喪失の叫びである。それは身を放棄する直前の、長い、抒情的な悲しみの叫びで、やっと最後になって、平和と断念を暗示する長いフレーズが現われる。私はその楽句を、昨日ヘレン・ミルバンクとのピクニックで見た黄金色の葉や、湖面のきらめきを背後にして透明に輝く、絢爛たる赤楓のように想像するのだ。

自然のなかで、人間のほかに、絶望を感じるものがあるのだろうか？　罠に足をはさまれた動物は、絶望するようには見えない。生きのびようとのあがきで忙《せわ》しすぎる。それは一種の静止した、強烈な待望のなかに閉じこめられている。ではこれがカギだろうか？　生存のために忙しくあがくことが。いや木に見習うことだ。回復するために失うことを学ぶのだ。何ひとつ、たとえば痛み、それも心の痛みさえ、同じものとしてはとどまらないことを思い出すことだ。佇みつくし、すべてを過ぎ去らせるのだ。流れに身をゆだねるのだ。

昨日はあやめの花壇から、スミレを取り除いた。あやめは、まるで地下の果実のように、深い根のしげみで窒息寸前だった。たった一つ、とても香りの高い菫と、いくつかの小さな、秋咲きのクロッカスを見つけた。光の薄れてゆく頃合い一時間ばかりの仕事で、湿った土の匂いを存分に吸ったあと、花壇は秩序をとり戻したようだ。

一〇月八日

私の内部の働きが役に立っているのか、たんに秋の光のせいなのかは判らないが、方角を私はふたたび見出し始めた。私は自分をとり戻しつつある。今朝、ちょっとした奇蹟が二つ起こった。まだベッドのなかにいて窓の外を見ると（やわらかい霧の朝だった）、牧場では「岩の半分に光が当たっていた。」今やっと、ゴガーティのあの一行が、何年も私の心につきまとっていた理由がわかる。あの花崗岩の半ばまで光が射しているのを見たとき、私は純粋な喜びで身をつき刺されたような感覚を味わったのだ。

後刻、歩き回りながら花に水をやっていると、書斎の入口で足を止めさせられた。朝鮮菊にスポットライトのように光があたっていて、深紅色の花弁と、黄土色の花芯が輝きわたっている。その背後のラベンダー色のアスターは、エレノアが私のために摘んでくれたサモン・ピンクを散らしたぼたんの葉とメギの陰になっていた。これを見ると、まるで秋の光が血管の中にじかに注入される思いがした。

小屋の床を新しくするために、アーノルドがやってきた。床は大きな板の下がみな腐っていて、はじめに考えたよりうんと値が張りそうだけれど、いつものことだ。

昨日アンと私は二つの楽しい遠出をした。初めのは、今でも野原にギザギザ花弁のリンドウの咲く岩棚《レッジ》行きである。刈り株の畑に立っているみずみずしい青は、贅沢な興奮を与えてくれた。リンドウが咲いていようとは信じられなかったし、しばらくのあいだは、一輪も見つけることはできなかった。けれど私たちが歩き続けてゆくうちに、一茎に三つか四つの花をつけて一本また一本と現われ始めたのだ。

そのあと私たちはシルバー湖畔に少時腰をおろした。湖面は完全に静止していて、山の姿を一端で青ざめた幽霊のように映し出しており、あでやかな赤い岩楓をぬって光が射していた。全き平和である。

アンに会うときまって、私が知らなかったことを教えられる。帝王蝶がまだ舞っていたので私たちはその一羽が、ゆるやかに息づきながら、庭の秋咲きクロッカスから蜜を吸い上げるのを長いこと見守った。アンは私に、帝王蝶は今ブラジルへ移住するところだという。ブラジルへ？　いずれにせよ、何千マイルも南へ行くのだそうだ。

アンは二枚の絵を持ってきた。一枚は私のソネット『幾光年』のさし絵で、もう一枚は大きく拡大されたヒナゲシの花と、私たちの墓地の古色蒼然とした粘板岩《スレート》の墓石との組み合わせである。生命のなかでもっともはかない、ケシの花の真中におかれた死者の記念《かたみ》。アンは単純なテクニックを使っているが、その危険はいうまでもなく、絵がニュアンスを欠いた、たんなる〝装飾品〟になってしまうことだろう。でもこれは、成功しているように見える。アンの天才は、こうした種類の詩的合成、事物をありのままに見るヴィジョンにある。

ふたたび、詩が私にとって魂創《たまづく》りの道具になる。ひょっとしたら、私はようやく流れにまかせることを学び始めたのかもしれない。それで、詩が甦ってきたのかもしれない。

一〇月九日

とうとうあれがほんとうに起こったのだろうか？　私は拷問台から下されて自由の身となり、深い所にある、よいものだけの存在する源、詩の住まうあの深部とふれ合っている。

私たちは栄光の季節を長いこと待っていたのだが、今年はまったく突然のように、楓が一斉に黄金色になり、ブナの葉は、緑をわずかにまじえているためにいっそう強烈な黄色に変わった。キンレンカをまだ摘まなければならないし、残りの球根を植えるために本気で腰を上げなくてはならない。

自然の流れに身をゆだねるということは、ばかばかしいほど難しいことだったが、それこそ、必要とされていたのだ。私は過度に思い悩むことを自分に許し、過ぎ去るに違いないものにすがりつこうとした。すがりつこうとすることほど、愛を殺す確実な道はない。ぎゅっとしめつけられるのを厭がる子猫か、固く握られた手の中でしぼんでしまう花のようなものだ。でも、流れに身を任せることで、私はありったけの豊かさと深さ、心を遊ばせる自由をもったここでの生活の感覚に、昨日今日は立ち戻ってきた。

真実、壁を破ったのだ。もう長いことソネット形式で詩を書かなかったのだけれど、私が人生の大きな危機に見舞われるたび、そして内部を明晰にすることで、経験の質自体が心の苦しみを超えるという点に達したときはいつでも、ソネットが生まれてくる。ソネットの全詩が私の頭のなかを駆けめぐり、言うべきことを言い了えるまで私はペンをおくことができない。

朝食前、野鳥の餌箱を充たそうと出ていったとき、三本の大きなキノコを見つけた。今までのところ、カササギが来るだけだが、そのうち噂が広まるだろう。

一〇月一一日

まるで、からかわれているのは私の方みたい。気分が落ちこまないようにと、週末は友人でいっぱいにしたのだが、ほんとうはもっと精を出して詩を書いているべきだった。秋は今やたけなわ、でも、前の芝生の落葉のじゅうたんが次第に厚味を増すにつれて、私はすでに眠れる美女のような気がし始めている。流れに沿って曲りくねった道をドライブして上ってくると、ブナの並木の美しさに息をのむ。透かし模様の金色の壁がいく重にもつづくのだ。

ローリー・アームストロングが、日曜日のロースト・ビーフのディナーにやって来た。それから私は午後晩く二時間ほど外に出て、一〇〇本のチューリップを植えた。それだけなら大した仕事ではないだろうが、到るところで私はチューリップのために場所をつくってやり、雑草を抜き、多年草を植え分け、菫のおかげで息も絶えだえになったアヤメを救出しなくてはならない。私が草取りできるのは春と秋しかないので、今はジャングルで草を分けて働いているようなものだ。でもこうして働くことで私は熱烈に幸福と平安を感じた。曇り日の午後の暮れる頃、光は悲しげで、寒気が身にしみる。けれど若い土の香りは力を与えてくれる。

過去何か月かの懊悩からの解放が永続するとはほとんど信じられない。しかし今までのところ、この気分《ムード》の変化は真正《ほんもの》のよう――いやむしろ、私がひとりで耐えられる所にいるという変化なのかもしれない。ここでの生活の大きな部分が不確かなのである。私は自分の仕事さえ、必ずしも信じることができない。でもこのところ、私はここでの苦闘の正当性をふたたび感じられるようになった。つまり、私が作家として〝成功〟しようとしまいと、そのあがきそのものには意味があること、神経の衰弱にせよ、気難しさからくる失敗にせよ、失敗さえも意味をもつと感じられるようになった。

今という時代は、しだいに多くの人間が、内面的な決断をすることのいよいよ少なく、真の選択をすることの乏しい生活のわなにはまりこんでいる。ある中年の独身女性が、家族の絆を何一つもたず、静まりかえった村のある家に独り住み、彼女自身の魂にだけ責任をもって生きているという事実には、何かの意味がある。彼女が作家であり、自分がどこにいるか、そして彼女の内面への巡礼の旅がどんなものであるか語ることができるのは、慰めになるかもしれないのだ。海沿いの岩の多い島に灯台守りがいると知ることが慰めになるように。ときどき私は暗くなってから散歩に出かける。そしてわが家に灯がともされて、生き生きとみえるとき、私がここに住んでいることにはかけがえのない価値がある、と感じる。

私には考える時間がある。それこそ大きな、いや最大のぜいたくというものだ。私には存在する時間がある。だから私には巨大な責任がある。私に残された生が何年であろうと、時間を上手に使い、力のかぎりをつくして生きることだ。これは私を不安にさせはしない。不安は、私が知りもせず知るすべもない多くの人々の生活と、アンテナかなにかでつながっているという自分の生活の感覚を失ったときに起こるのだ。それを知らせる信号は、常時行きかっている。

私にとって、詩が、散文よりもよほど魂の真実の仕事だと思えるのはどういうわけだろう？　私は散文を書いたあと、高揚感を味わったことがない。意志を集中したときには、良いものを書いたし、少なくとも小説では、想像力はフルに働いていたわけなのに。たぶんそれは、散文は働いて得るものなのに、詩は与えられるものだからだろう。どちらも、ほとんど無限に訂正を加えることができる。また、私は詩を努力なしに書くといっているわけでもない。ほんとうに霊感を得たときは、一篇の詩に何度となく下書きを書き、高揚感を保持することができる。けれどこの闘いを続けることができるのは、私が恩寵にあやかっていて、心の中の深いチャンネルが開かれたときであり、そうしたとき、つまり私が深く感動し、しかも均衡を保っているとき、詩は、私の意志を超えるところからやってくる。

　私が無期限で独房に入っていたとしたら、そして私が書いたものを読む人は一人もないと知っていたとしたら、詩を書きはするだろうが小説は書かないだろうと、よく私は考えたものだ。なぜだろう？　それはおそらく、詩は主として自分との対話であるのに、小説は他者との対話だからではないかと思う。その二つは、まったく異なった存在の形式《モード》からくる。思うに私が小説を書いたのは、あることについて自分がどう考えたかを知るためであり、詩を書いたのは、自分がどう感じたかを知るためだった。

一〇月一四日

またもや熱帯性の、消耗させる天気だ。大きな楓の木の葉はほぼ落ちつくしたが、庭の下方にはまだ黄金に輝くブナのとばりがある。家の周囲は落葉の厚いじゅうたんが敷きつめられているので、私は半ば埋もれているような気がする。ありがたいことにワーナー家の人たちが落葉をかきに来てくれている――まるで救援に来てくれたようだ。

空は灰色。心もくもる。ソネットについていえば、短時間に多くを書き過ぎている。抑制し、形を整える代わりに、洪水に押し流されてゆく危険がある。疲労のしるしだ。

昨日、私はダニーとすばらしい一日を過ごした。苦しみを通して、多くの智恵を身につけた二〇歳の男性である。私たちはたがいを、悩める人間の仲間として認め合った。それもおそらくは、同じ悩みを悩む者、いわば、われわれが自分の行為やあり方を統制できないところでの痛烈な自覚からくる苦しみを苦しむ者として。彼は偉大な教師になるだろう。

私は、紅葉する窓を背に坐っていた彼の姿、常にもまして彼をルネサンスの若者のように見せていた赤みがかった長髪と、形のよい頭のイメージを、保ち続けることだろう。ここ何年か、彼は前よりしっかりしてきたようだ。今でも震えはあるが、筋肉がついてきた。私たちは長いこと忠誠心について話した。私は自分の感情や情熱を分析しようとしては、それにかかわる人から不忠実だととがめられるので、これは心にかかっている主題なのである。職業的な、つまり小説家の、デフォルメというものだろう。このことについては、後述したい。よく考えなくては。

一〇月一七日

長く続いた暖かい秋がとうとう終わった――昨夜は硬い霜がおり、空は冷えて曇っている。目覚めてみると、雪が降っていた！　ひらひらと舞った程度だけれど、なんという変化だろう！　昨日私はお名残りのキンレンカを摘んだ。それは今ちぢこまり、パセリさえ〝影響を受けている〟。私は庭から摘んできた黄色いマリゴールド、薄い黄色とピンクのバラ、まだつぼみの別の二輪を加えた最後の花束で机を飾っている。これからは春、夏、秋をとりまぜた楽しくも美しい自家栽培ではなく、どれもこれもいやになるほど均一な花屋の花でがまんしなくてはならない。

　最近はこの日記を書き続けるのが、たいへんな重荷になってきた。詩を書いているので、そちらの方にエネルギーの中枢が吸いとられているのだ。さまざまなことが頭のなかに浮かぶのだけれど、整理して紙に書くということにならない。でも、今日は忠実さについて考えたい。そして私は、紙に書くことによってはじめて考え直すことができるのである。オックスフォードの引用句辞典にもバートレット〔バートレット編『有名引用句辞典』〕にも、忠実さの項にはほとんど何も書かれていないのは興味がある。しかも忠実さは、人間関係についての、信頼と深くつながりのある、もっとも重要な観念の一つにちがいない。

　私は忠実さについて友人からとがめられるが、それは多くの人が語りたがらないことを私が語り、とりわけ、私がまきこまれているような人間の情況については〝知るべきでない〟人たちと話し合うためである。私は、感情についてのことには、まったく分別がないのだ。私の仕事は、感情を分析することなのだから。

　これはお金にもあてはまる――わが家からは人間関係に関する問題も、お金もごく自由に流れ出てゆくが、私はそれを良いことだと信じている。そのどちらの場合も、少なくとも人生へのヴィジョンと道徳的資質《エートス》に関係している。人間関係についての噂話や金についての自慢話と、これらの話題について私の信念どおり自由に喋ることに、はたして妥当な区別ができるものだろうか？　私は、ある時期まで自分が無一文だったのに、今では寄付さえできるようになったことにいつも驚かされるので、時にはただ嬉しさのあまりその話をする。大きな遺産を受け継いだような人は、けっしてそんなまねはしないだろう。ノブリス・オブリージェ――貴族としての礼儀とでもいったものではないかと思う。私のこのような態度が、ある人々に衝撃を与えるのは疑いがない。けれど実は私は、走りまわりながら「ごらん、こんな宝物を見つけたのよ！　わたし、ピーターが悲しそうだからあげるの。ベティにもあげるの、病気だからね」などと言いふらす子供とさして変わりはないのである。それは、もし金持ちになったら何をしようと、コット（S・S・コテリアンスキー）やジェイムズ・ステファンスといっしょにきりのないファンタジーを想い描いた昔を思い出させる……そして、あの当時、金持ちになるとは、毎週の生活費について心配しなくともよいということに他ならなかった。私に関するかぎり、金持ちになるとは余分をもつこと。余分とは、人に与えうることだ。

私は自分の生活や、いろんな目的でここに出入りする多くの人たちについて語ることが、不忠実だとは思わない。私が忠誠を誓うものとは、それよりもっと複雑なものだと私は希望している。たとえば私は、自分の役に立てるために、誰かの私生活について私の知っていることを利用したりはしないだろう。そんなことは無分別でもあれば不忠実でもある。けれども私たちは、自分のと同時に他人の経験から学び、それについて思いをこらし、それから人間的真実という滋養を抽き出してゆく。だからこうした洞察や、疑問や、奇癖や、ジレンマや苦痛を分ち合いたいというのは、私にとってはごく自然なのだ。なぜだろう？　思うに、その一部は、私の読者を通して私がなったように、他人《ひと》の運命を受け入れる立場になればなるほど、幸福といえる人のいかに少ないことか、深い人間関係というものがすべていかに複雑で要求の大きいものか、ほとんどの人がいかに多くの苦痛や怒りや絶望を隠しているかを、理解しないではいられないからである。人もわれも、同じ苦しい立場にあると知ることは慰めである。だから今は、たとえば数多くの中年女性の絶望が、私の家の戸をたたく。

私自身も、けっして単純でも容易でもない愛の関係を維持しようと懸命になっていて、光を求めて、真の友人と語り合う。最近ではDと語り合い、愛について二人がそれぞれ、苦痛を通して学んだことを話すのが非常な慰めになっている。私はこんなやり方で話し合えるのをほまれに思いこそすれ、Dの友人に対しても私の友人に対しても不忠実だとは思わない。なぜか？　それは〝純粋〟だから。私たちは理解するために経験を分ち合うのだから。Dと私は、何か月か前にはじめて話し合ったとき、確実に互いを認め合った。これほど強く、即座に親密さを感じたことは、三十余年前のビル・ブラウン以来だ。

Dと私は同類で、反応をすぐ表面に出し、感受性が強く、自分を喜んで与えようとする。こうした人間が幸福な生活を送ることはまれでも、彼らは常に成長し、変化する生涯を送る。

詩人であること、人生の半ばを過ぎて詩を書きつづけることについて語るとき、いつも思い浮かぶのはジェラルド・ハードの言葉である。「彼は保護なしで生きねばならないから、始終変化するだろう。」それはまったく高価につく道なので、ビル・ブラウンやDのように、自分の心をわかつ相手と識別した人を抱擁しないではいられなくなる。

一〇月二八日

目が覚めると銀世界で、牧場は厚い霜におおわれていた。昨日午後私が花壇においたえぞまつの枝は、まるでいぶし銀を吹きかけられたようだ……おまけに青空と、なんという光！　私は（来週ダラスからまわることになっている）シュリーヴポートでの「詩人の喜び」というスピーチの原稿を書いている。私が思いつく第一の喜びとは、光である。この家には、いつも光が存在してきた——たった今も、小部屋のソファの上のあざやかな青緑色の帯のなかに、それは存在している。半時間前には、そこにある黄菊の壺にスポットライトをあてていた。外を見ると、今は葉を落した木々のなかに一本だけ楓が残っていて、その幹の上方には、空の青を背景に半透明のあたたかい黄金色をした枝が、いくつとなく重なっている。まるで音符のように、枝のはざまをぬって、一枚ずつ葉が落ちてくる。これこそ、熱帯雨と曇り空の多いこの奇妙な秋に、私たちが奪われていた光なのだ。そのわずかでも味わえることはすばらしい。

昨日は戸外で、今年最後の庭仕事を大いに楽しんだ。注文したチューリップなどの球根はまだ届かないが、ユナイテッド・パーセル社のストライキのせいかと思う。早い雪が来るかもしれないから、花壇にカバーをすることにきめる。ウイン・フレンチが四束の干し草を運んできたのでそれをほどき、家の下から北風と西風がしのびこんでくる敷居伝いに、分厚く詰めた。ワーナー家の人がえぞ松と松をたくさん運んできてくれたので、三か所の境界のほかはみな覆うことができた。黄昏のせまるころ仕事を終えたが、どうしてなかなかの出来栄えである。丘は暖かいばら色だったのが紫色に変わり、日の沈む直前、長い教会の窓をあかあかと炎上させた。

私がざっと書き留めていった詩人の喜びとは、光、孤独、自然界、愛、時、創造それ自体ということになった。何か月もの抑鬱期の後、突然、私はこうした領域で完全に生きているし目覚めていると感じる。

一〇月三〇日

昨夜、あの完全に晴れやかな一日のあとで、私は庭面に覆いをする仕事を終えた。バッド・ワーナーが二回目にもってきた枝の束はほとんどみなヘムロックで、えぞ松よりうんと軽く、四月の春の新芽はよほど生育しやすい。働いているうちに私は、濃紫のスミレの花と、秋咲きのクロッカスを見つけた。それらは今私の机の上の、日本製の小さな素焼きの壺に入っている。クロッカスはすぐに開いて、ラベンダー色の花片にデリケートな紫の脈《すじ》と、明るいオレンジ色の雄しべを見せた。そのいっさいが非常な不思議である――クロッカスの透明さも、豊かな半透明のスミレの花片も濃緑の葉も――できることなら、描きたいと思う。

けれども今、それにもまして大きな喜びは光、ようやく恵まれたあの大いなる秋の光である。私の知るかぎり、世界のどこにもこれほどの光は存在しない。これこそニューイングランドの偉大な栄光だ。私はわが家に帰ってきて孤独と喜びを得たが、この晴れやかな空がそれに大いに関係があるのは疑いもない。空気のなかにわずかに含まれた冷気も心を弾ませる。しかし私は疲れている。講義のための旅行の前には、いつも調子がさがるのだ。私の生涯の終りになって、自分の根を裂くようなことはしたくない、たとえどんなにここの生活が淋しいとこぼしても。

楽しさが帰ってきたのと同時に、何かが失われたという感覚がある。詩はもはや溢れ出てはこない。私はふたたびより〝正常〟になったが、何か月もの涙の泉や強烈な感情は去った。均衡はほぼとり戻された。でもその代価は？

今は手紙を書き、旅立つまでに机を整理しなくてはならない。週のあいだずっと、一つのソネットにかかずらわって何回となく書き直したのだけれど、ものにはならないだろう。たぶん、手を入れすぎ、殺してしまったのだ。

一一月九日

旅から帰ってきてみると、晴れやかな空。昨夜は月が明るすぎて眠れなかった。球根の入った大きな箱を見つける。やっと届いたのだ。もう間もなく土が凍ってしまうというきわどいところだった。でも、オランダのドックのストライキで遅れたのは確か。

講義はうまくいった。ダラスでもシュリーヴポートでも、聴衆は心を傾けて聴いてくれた。だから私は、詩が人々にとどき、大きな非個人的なグループの前でだけ可能なやり方で受け入れられていることがわかるときの、あの驚嘆すべき静けさを、少なくとも一度は体験したのである。なぜなら、こんな時こそ私は、詩のなかに存在する意味や音楽に〝舌を与える〟ことができるから。たった一人の親しい人に向かって読むことでは、私はほんとうに詩を溢れ出させることができない。

最初はなんとなくとまどって、うまく講義がすすまなかった。長いこと飛行機に乗った後は、いくぶん均衡を失いがちだし、新しい環境への適応を探っていて、ほんとうには落ち着いていないせいか。

それにいうまでもなく、あれは一〇年以上も前、テキサスへの講義旅行でのことが心にある。午前七時半、ジュディからの長距離電話で起こされた私は、モントリオールでの講義のために空港に向かっていた父が、タクシーで引き返してきてから、心臓発作のために数分で亡くなったことを告げられたのだ。その思い出とケネディの暗殺は、私の心を深くしめている。

心理的な不快感を、時に鋭く感じることがある。私が会った婦人たちは親切でやさしく、感じやすい人たちである。でも突然彼女らの眼差しが、鋭く冷やかなものに変わる。いまだに、あれだけの悲劇の後でさえ、彼らはケネディ一族を嫌っているのだ。彼女らの心が人種問題になると閉ざされているのはいうまでもない。私にはそれが、少なくとも部分的には、喪失の徴候《しるし》だとわかっている。マスターと召使いの温かい関係の喪失である。この人たちにとって、突然のブラック・パワーの出現は、昔ながらの忠誠心や美質を裏切るもののように思えるのである。しかし、ここの雰囲気にふれていると、多数の黒人が、何かを変えようとするなら、全面的な戦いによるほかないと決断するようになったのはなぜかが、よく理解できるようになる。

実はこんなことは大部分予期していたとおりだった。けれど私をいら立たせるのは、彼らの利己主義であり、許容の限界があまりにも個人的で、狭すぎることなのである。いったい彼らの世界の外にある苦痛というものはいっさい、壁をつき破って彼らに到達することはないのだろうか？　そんな必要はないのだろうか？　ケネディの暗殺は、明らかにその輪を閉じさせただけだった。

私には、人を開化させるものとしての、もっとも深い意味での文化というものが、ごく薄いベニヤの外板にすぎないと感じられたのである。何かの上に張りつけられ、表面だけ煉瓦の見せかけをもった近頃の家屋のように。

そして秋の日に、何エーカーものフランス風、スペイン風、あるいは英国チューダー風の豪華な家々を走り過ぎることは、なんという信じられない経験だったことだろう。手入れの完璧にゆき届いた芝生には、たった一枚の落葉が安らぐことさえ許されないのだった。ハウス・アンド・ガーデン誌流にいえばなんという美しさだろう。しかもなんと詩に欠けていることか。なぜなら詩の住み家は、人がその庭で働き、時には荒れるにまかせたりもするところであり、心の通わない庭園会社に手入れをさせるようなところではないのだから。

ダラスがたんに非人間的で、金があり過ぎ、新し過ぎるのに比べると、シュリーヴポートははるかに魅力があり、住めそうな街。ダラスでは五〇年もたった建築はまるでノアの大洪水以前からあったかのようで〝取り壊されなくてはならない〟。私はまた女たちの飢えを感じた。ニーマン・マーカスの毛皮や、流行の移り変わりや、装飾のしなおしや彼女たちの地位にふさわしい〝しかるべき土地〟への旅行に存在しない現実への飢えを。

品のよいお喋りのうらに、ノスタルジアがある。理由が何かわからぬまま、充実感を得るには何か大事なものが不足していることを知っている退屈した子供のノスタルジアである。これらの女性は心を乱されているわけでも、苦闘しているわけでも、世界のあり方に苦しめられているわけでもない。東部の女たちが活躍しているからといって、自分たちももっと努力しなくてはという罪悪感をいつも抱いているわけでもない。それでいて、幸福でもなければ、充足感を得てもいない。定義するのはむずかしいけれど、あの巨きな空と、たくさんの〝美しいもの〟。家やら高価な車やらの下に私の感じるのは、淋しさである。ぜいたくはあり余り、質が少なすぎるのかもしれない。礼儀《マナー》のよさだけでは、十分でないのだ。

講義では、私は政治の話を避け、議論をよぶような詩も読まなかった。でもランチや私的な席では、心にあることを情熱こめて話した。とりわけ、ケネディの息子が、麻薬入りの煙草を吸ってつかまったという話を、小気味よげに話している人の前では！

私には、彼らに嫌われるヤンキー（米国北部州人）に生まれなかったという利点がある。地域的にいえば、その境界を越えた所にいるので、相手を怒らせずに、言いたいことが言える。

それにしても、この愛すべくもみすぼらしいケンブリッジのわが家に、でこぼこの煉瓦道に、手入れのゆき届かない庭に、落葉に埋めつくされた芝生に、おかしな服装で腕を組んで歩く若者たちに、大好きなジュディとネコどものところに帰ってくるのは、なんというすばらしさだろう。私たちはいささか年をとりくたびれてはいるが、みな幸福だ。そしてうす明るい空の下で車を走らせたネルソンの町は、天国のようだった。私はそれらを、白く塗られたたる板や、古い煉瓦や、私のいとしい、いためられ、死にかけている古い楓の美しさを、光り輝く不思議、精神と魂を高揚させ、見る人々すべてに、質とは何かを告げる宝物として、新鮮な目で見たのである。

一一月一〇日

昨日は空が高く澄みわたっていたが、一日の終わりに、百合と、最後のチューリップの球根を植えることができた。私が仕事を終えるころ、丘は紫色に変わろうとしていた。今日は荒涼とした日で、空が低くたれこめ、色がない。雪か雨もよう。

昨日は凶の日。まるで足が地に着いていないようなぎこちなさを感じ、手紙を書き過ぎるほど書いた。それでも落ち着かなかったのは、木曜の朝キーンからニューヨークへ出発してはならないのに、水曜日の夜モホーク航空がストライキを始めたせいもあるだろう。この月は何ということなく時間がこま切れになり、週末という週末はあれやこれやで過ぎてしまった。詩はすでに去った。張りつめていた糸が弛んだのだ。

私自身も弛んでいる。必要なのは枠組み、秩序であり、返事を書かなくてはならない手紙の強力な流れや、『愛のかたち』が間もなく出版されるというわくわくする思いに逆らって、もう一度しっかりと自分を確立すること。でも私は、内部から形をつけなくてはならないどっちつかずの状態に宙ぶらりんになっている。ふつうの職業をもっている人には、外側から課せられたパターンをいっさいもたない一日を秩序づけてゆくという問題がどんなものか、わからないだろう。

日は早く暮れる。午後四時半までには、家の中で明りが必要になる。庭仕事が終わったので、それは（思ってもぞっとするが！）ファイル部屋の整理とかなんとかの用事を作り出さなくてはならないことを意味している。午前中はこの日記を書くという地味な仕事をし、それから後、私の六〇歳の誕生を祝うために計画している本のために、少なくとも一篇の詩を書き移し、手を加える。ここにもしも動機があるとしたら、それは自分自身の命令による自己探究であり、そのけっして終わることのない旅のためにいつも装置を動かしておくということである。

ここでの生活について私のもっているもう一つのイメージは情報センターとしてのそれである。多すぎるメッセージが一度に殺到すると、コンピューターは壊れてしまう。昨日の午後、Zが二度電話してきたが、ヒステリー気味だった。それは最悪の状態にいるときの私、調子の悪い日の、心乱れ、泣き沈み、自分の正当を言いたてるみじめな私自身を思い出させた。Zにはつらい年なのだ。身近な人を失い、仕事がないという。それと同時に彼女はむずかしい小説（彼女が多くを知っている人種関係について）を書こうとしているのだから。

どういうわけだか、私たちはこともあろうに、ベストセラーについて言い争ってしまった。作家を志す人はみな「私は妥協してベストセラーを書くようなことはしない」というようなことを口にする。

まるで彼らにそんなことが可能であるとでもいわんばかりに！　たまさか、真実を語らない作品が売れるということがあるかもしれないけれど、全体として作家はすべて最善をつくして書く。ベストセラーが書けるのはよい語り手で、よい技術者である。プロならば、自分が妥協さえすればベストセラーが書けるといった片づけ方はしまい。いや、それはみな知覚の種類、書き方の種類の問題である。ディケンズ、ジョイス、トロロープ、ヘミングウェイのような偉大な作家の作品はベストセラーだった。また別の偉大な作家――たとえばヴァージニア・ウルフは、ベストセラーを書かなかったし、あったとしても偶然のたまものだった。（『歳月』はベストセラーだったが、彼女の最善《ベスト》の作品ではない。）私たちは最善をつくして書き、最善の結果を希望するが、売れゆきに関する最善とは、偶然の問題だと知っている。偶然でないのは、作家が自己に求めるものと、自己自身の規準に、自分がいかによく、または悪くこたえられるかである。

私は今日の一日を、キングズ・カレッジ合唱団の歌うヴォーン・ウィリアムズの鎮魂曲《ミサ》で始めた。宗教音楽だけが心をみたしてくれるような日があるものだ。永遠の事物の光に照らしてみると、日ごとのつまらぬできごとや欲求不満は消え去ってしまう。いっさいは、光束の中心にいかにして迫るかの問題なのだ。

Photo by Eleanor Blair

一一月一一日

昨夜は長いこと目覚めていた。時にはよくよく〝考えぬく〟こと。たぶん、カーラジオできいたドゴールの死に始まり、それに続いた短いすぐれたコメントから連想の環がひろがったのだろう。その要旨は、全世界は一人の全的人間の死を悲しんでいる。全的な人間はあまりに稀なので、彼の死はフランスにとってだけでなく、全世界にとっての損失である、というものだった。解説者はまた、ドゴールは過剰な愛国主義、彼がフランスに付した神秘性のためにもっとも批判されたが、批判者たちがもしも同国人であれば、彼らはまさに同じ理由のために彼を賞賛しただろうと述べていた。事実ドゴールは不可能なことを果たしたのであり、彼がルーズヴェルト、チャーチル、スターリン（ああ！）と並んでよばれるのは正当だ。なぜならその各々は国家の存在への意志と、国家の真面目は危機において、いや敗退においてさえもっとも明らかになるという認識を象徴していたのだから。いまよく考えてみると、ドゴールがアルジェリア戦争の終末期を統轄し、国内に内乱を起こしもせず、相互に敬意をもって終結にもちこむことができたのは、誠実な人柄と道徳的な熱情の勝利であった。

政治家に関するかぎり、〝全きこと《ホールネス》〟というのは、自分の言葉で語れるかどうかと関係がある。ドゴールは〝草稿屋〟をやとったりはしなかった。そんな考え自体がグロテスクではないだろうか。自分にかわって他者に語らせるリーダーなぞ、リーダーとはいえまい。ニクソンを通して喋っているのは誰だ？　この句やらあの句やらを書いたのは誰だ？　誰にも確かなところはわかりはしない。ニクソンとアグニューは操り人形になる。彼らを操っている腹話術師は誰だ？　ものいわぬ大多数なのか。世論なのか。あるいは票を投じるであろう想像上の大衆なのだろうか？　その差異を知るには、こういった雰囲気を、民衆に選ばれた代表というより、まるで王のようだと批判されるドゴールと比べてみるだけでよいだろう。

こんなわけで、いろいろと考えてみたあげく、私の心に残ったのは〝威光〟でもなければ〝偉大〟でもなく〝全きこと《ホールネス》〟ということだった。これがしばしば男性的な属性であり（父はもっていたが母にはなかった）、おそらくそれは高貴な目的への献身だけではなく、ある種の単純さ――問題の核心をつき、大きな思想《アイデア》を把握できる人たちのもつ――をも伴うのであろう。ホワイトヘッドがいうとおり「たゆみない実践によって大いなる思想の重要性を把握し、陰気な死のようにそれに執着することの重要さを理解せねかぎり、何人も良き説得者とはなれない」のだから。

われわれは、精神、知力、神経、肉体自身という全存在のすべてが、単一の目的に集中したとき、全的《ホール》になれる。あるいは、まったき存在とは何であるかについての暗示を得る。詩を書くとき、私はそれを感じる。チャーチルはヒトラーの猛攻の期間それを体現した。ドゴールは、この時代のどのリーダーよりもその手本になった。いうまでもなく、〝ホールネス〟は必ずしも結論や行為の正しさを意味しない。それは精神が、良心や疑念、恐怖のために分裂していないことを意味する。日本人はそれを〝一念をこらす〟と表現する。

それはまた、限られた感受性というか、ある領域に限られた感受性を伴うものかもしれない。女はめったに、男ほど全き人間ではないと前述したとき、もっとよく考える必要があると実は思った。おそらく〝一点指向〟は、女には男にとってよりむずかしい。家事や家族の雑用をこえて、彼らがしたいことを行なうための空間をつくり出すことは、女にとっての方がよほどむずかしい。女の生活はこまぎれである……私がたいへんな数の手紙から受けとるのは、その嘆きである——『自分だけの部屋』〔ヴァージニア・ウルフの著書の題名〕というよりも〝自分だけの時間〟を求めての叫びなのだ。どんな事柄についてであれ、少なくともその解決を試みるためのゆとりがない日は、深刻な問題になる。

私の父は、理論的にはフェミニストだったけれど、事柄がこまごました日常の些事におよぶと、いうまでもなく妻がすべてをとりしきることを期待していた。〝彼の仕事〟が、何よりも優先することは当然とされていた。彼はヨーロッパの中産階級の育ちであると同時に一九世紀の男でもあったから、母には歩《ぶ》はなかった。父は母が働くのをきらったから、母がワシントンのベルガート店のために刺しゅう入りの洋服をデザインして、父以上の収入を得ていたときでさえ、その功を認めようとはしなかった。母の深刻な葛藤は、父が望むようにしたいと心の底では思い、しかも同時に父に抱いていた、彼の母への態度に対する怒り、父が母に期待していることがどんな意味をもつかについてまったく理解しなかったことへの憤りからきていた。二人ともたんにこうした問題を話し合うことができなかったのだ。この点で、私の生涯のあいだに、私たちは確かに大きく進歩した。今日の若い女性で、結婚前に〝問題をさらけ出してしまう〟ことをしない者はほとんどいない。女たちは少なくとも第一に人間であり、第二に妻であるというようになってきたが、それこそあるべき姿だろう。

後刻、夜に入ってから、私は存在のまったく異なったレベルに到達した。私は孤独について、その至上の価値について考えていた。ここネルソンの地で、私は一度ならず自殺に近いところまでゆき、また一度ならず宇宙と一体化するという神秘的な体験をもした。その二つの状態は相似している。それは人がみずからを囲む壁をもたず、完全に裸にされて、要素《エッセンス》まで縮小された状態である。そのとき、生の拒絶として死があるだろう。なぜなら私たちは、持ち続けたいと熱望するものを手放すことができないのに、成長し続けることを願うなら、手放すほかないのだから。

孤独について語るとき、実は私は、窓の所にくるあの強烈でひもじそうな顔、飢えた猫、飢えた存在のために、空間を作ってやることについても語っているのだ。孤独とは、存在するための空間をもつことである。最近のことだが奇妙な、緊張した顔をした、小さなとら猫が毎日やってくるようになった。もちろん私は食物を、夜と朝、外においてやる。彼女はひどく恐がっていて、私がドアを開けるとすっとんで逃げるが、私が見えなくなったとたんに帰ってきてがつがつと食べる。それでも、彼女のひもじさは食物だけでないことは明らか。私は猫を抱きあげてやり、彼女が隠れ場を得た喜びでのどをならすのを聞きたいと思う。いったい彼女はそんなことをするほど、欲しくてしかたのないものを得るために身をゆだねるほど、手なずけられるだろうか？　跳んで逃げる前、ドアの所で私の顔をよむ彼女の顔は真剣そのものだ。それは何かを乞い願うそれではなく、単純な大問題〝あなたは信頼できる人？〟と訊いているのだ。張りつめた糸の上に、私たちふたりの凝視がかかる。心が痛む。

何年ものあいだ、私は地下室に入れられたプラントや球根が、白い芽を出しはするがついにはしなびてしまうという、まことにつらいイメージを心の中にもち歩いていた。今このイメージを点検する時がきた。今まで、それは熟考するにはおぞましすぎるので、私をひるませ、背を向けさせ、埋めさせてきたのだけれど。

今日は休戦記念日*で郵便はお休み。ということは、私の囲りに大きな空間ができたということ。私はそれを上手に使いたい。詩を書くのだ。昨日は、テイヤール・ド・シャルダン**の『神のくに』（*The Divine Milieu*）をもって帰った。こういった内容にものすごく飢えているのを感じる。現在の個人的な問題を超越するために、私はそれを嚙みくだき、嚙みくだきして、もっと広い空気を得たい（あまりよい暗喩《メタファー》ではないけれど、このままにしておこう）。そして今、仕事にかかる。神よわれと共にいませ。

*　今では第一次、第二次大戦の休戦記念日としてヴェテランズ・デイという。
**　テイヤール・ド・シャルダン。一八八一－一九五五。フランスのカトリックの神父、哲学者。著書は『現象としての人間』『人間の未来』ほか。

神に捧げることのできる祈りは、ほんとうはたった一つしかない。われをしてあらゆるなりわいを、生命の神聖への畏れと共になさしめたまえ。たとえわれ御身を御不在とのみ知るとも、神よ、われをして御前にあらしめたまえ。

明日はまた、世界ががたがたと大きな音を立てるだろう。ニューヨーク行きだから。

一一月一六日

あらゆる面で金のかかる、四日間のニューヨーク暮らし。それには、何時間ものテクノロジカルなパニックのような状態、つまり、ほとんど住むにたえないこの市を動きまわることにまつわる純粋ないとわしさが含まれることを言わねばならない。雨が降って降って降りつづいた。ということは、タクシーがないこと。バスはいくらか人間的。それでもバートン・ハミルトンと私が、ホテルから劇場へ行くために一番街八丁目へ行こうとしたのは、不快きわまりない経験《トラウマティック》だった。私たちはアップタウンからダウンタウンへのバス、街を横切るバスと次つぎにバスを乗り継ぎ、そのあげくに五番街からいくつものブロックを歩き通したのだ。オーフィアムの近くにはレストランがないので、とうとう簡易食堂の店先でサンドイッチと飲物を買う羽目になった。

モホーク航空がストをしていたので、ニューヨークに行くこと自体が不可能事に近かった。ボストンで飛行機を乗り継がねばならなかったのだ。旅をすることがなんとむずかしくなっていくことか。私は忍耐の鎧を着けていったが、まったくそれは、ここにようやく戻ってくるまで欠かせないものだった。

かつては汽車にゆられて和やかに過ぎていった、海岸線に沿ってのボストンからの美しい旅だったものが、良いディナーと平和な思考の時間だったものが、待つことと我慢すること、荷物を長距離運び歩くこと、不機嫌なタクシー運転手と、一番近道の輸送をしてもらうための争いの問題になってしまった。われわれは心配とパニックからくる自分の叫び声で、出発点からすでにくたくたになって目的地に着くのである。

一一月一七日

空港での何時間かを、私はロバート・コールのエリック・エリクソンについての二度目の記事を夢中になって読むことで費やした（ニューヨーカー誌、一一月一四日号）。自分自身と、今起こっていることについての新しい理解への戸を開けてくれる、そういった洞察にあふれている。私は次の文章に傍線を引いた。エリクソンが（『青年ルター』のなかで）話しているのだが「何万という少年がこの問題に直面し、なんらかの方法でそれを解決してゆく――キャプテン・エイハブ（ハーマン・メルヴィル『モビイ・ディック』の船長）が言うとおり、彼らはハートの半分、肺の片方だけで生きてゆくが、その最大の犠牲者は世界なのだ。けれども時折り、ある一人の人間が召命され（誰に召命されるのか、それを知っていると主張するのは神学者だけだ。何によってを知っているというのは、悪しき心理学者だけである）、彼個人の受難者性を普遍的なものに高め、自分一人のためには解決できなかったことを、すべてのために解決しようと試みるのである」と。

私にとってこの文章の要となる言葉はいうまでもなく〝受難者性〟である。というのは、これこそまさに、男女を問わず、詩人や芸術家にとっての宿命なのだから。コール自身が、この記事のどこか別のところで言っている。「誰でもが自分の抱く特定の怖れや欲望を、人類共通の問題としてとりあげるようなチャンスを望んでいるわけでもなければ、またそれができるわけでもない。」それをするには、謙虚さ、徹底した正直さ、それに（これが厄介なところだが）宿命あるいは自己同一性の意識の奇妙な結合が必要なのだ。個人のジレンマは、深く吟味するなら普遍的なものであり、したがってそれが表現されるなら一個人を超えた人間的価値をもつと信じなくてはならないし、それを表現するための手段、つまりその才能をも信じなくてはならない。

ニューヨークで私は出版社と私の代理人ディアムイドに会った。出版社ではいつも感じることだけれど、公表された芸術作品にふりかかるいっさいのことを思うと、私は悩みと心配でいっぱいになる。私の小説は来週出版されることになっている。本の成功は、販売店が発売の翌週に再注文を出すかどうかにかかっているという！　さいはふられた。今は待つしかない、がなんと神経のすりへることだろう。

マリオンと私はオキーフ回顧展を、ホイットニー美術館に観にゆく。それからもう一階下りてイーキンズ展を観るが、これも大きな展覧会だった。オキーフが表現したいと思ったことははじめから果たされていて、彼女がほとんど変わらなかったことを知るのは面白かった――風景でも花でも他のものでも、エッセンスにまで凝縮され、強力なイメージを孤立させてからそれを拡大する。時にその効果はたんに絵画的で、平凡、感傷的でさえある（よく知られた頭骸骨と花のように）。けれども成功したときには、ごく少数の線と色彩の塊りが、爆発しかねない神秘的な力をもつ。これらの絵は心を広げてくれる。家にあったら楽しいことだろう。

オキーフとイーキンズの作品の対比と、それが提起した疑問はなかなか興味のあることだったけれど、それまでに私はもう疲れていて、新鮮な眼で後者を見られなくなっていた。オキーフが無執着で、抽象的で、ほとんど人間と関わらないのに対して、イーキンズは人間の顔を凝視し、すぐれた肖像画ではその人間全体を探らせ、見る者に、一巻の小説が封じこめられているかのように働きかける。私はきわめて感受性の強そうな若い婦人の顔（私の小説のなかのジェーン・タトルかもしれない）と、考えごとに心を奪われている男たちに思いを馳せる。レンブラントのほかに、どの画家が、考える顔をここまで描きえたろう？　私は、泳いでいる少年たちの絵にも同じくらい感動したが、ここでもまた肉体は光と影・テクスチュアとしてよりも、おそろしく人間的で壊れやすいものとして描かれている——それはひどく流行ばなれのした意味で、線よりも色彩を強調するやり方だけれど、微妙でやさしい。描き残されなかったニュアンスはないと思われるほど！

私たちは「誰も知らない私《ザ・ミー・ノーボディ・ノウズ》」を観に行った。これはゲットーの子供たちが書いた詩を台本に、白人、黒人、プエルトリコ人の二〇人ばかりの子供たちが歌い、出演しているロックンロールのミュージカルである。その衝撃はすごい。ショーを観てこれほど引き込まれ、ゆさぶられたことはめったになかった。新鮮さ、攻撃性、詩、怒り——喜びの涙と熱狂でいっぱいの、解放された夜だった。こんなことが劇場でできるあいだは、まだ希望がある。

「誰も知らない私」の後では、翌日の午後のマチネーで観た「ホーム」ほど奇妙なとり合わせを考えるのはむずかしい。これはイギリスの芝居で、ラルフ・リチャードソンとジョン・ギルグードが、精神病院に入れられている二人の老人をみごとに演ずるのだが、一人がその事実を次第に理解するようになる。彼らは、中途で切れる文句やら、傍白や沈黙で意思の疎通をはかろうとする……それはためらいがちで、身をきざむ痛みをおぼえさせる。カタルシスはなく、緊張は耐えられないほどだ。忘れがたい。ギルグードは空をみつめて（観客に向かって）雲の行方を追う。その頬を時折り、涙が伝わって落ちる。彼もまたふつうの人であることは、観客に向かって「私にも加わらせて」と最後の歌で叫んでいる子供たちと変わりはない。

私が空港での長い待ち時間になぐり書きした大きな疑問は、どうやって、そして何を希望するかということ。われわれは腐敗した国、腐敗したヴィジョンの市民である。テクノクラシーの重圧下で死んでしまった、埋められてしまったという強い感覚がある。冷静を保ち、もっとも重要なことを把握するにはどうするか……なかでも、もっとも重要なこととは何かをどうやって認識するか。「誰も知らない私」の上演のあいだ、私たちはそれの力強い存在を目の当たりにした。子供時代に立ち返ること——その豊かさ、その欠如の恐ろしさ——それがわからせてくれる。源はそこにある。

絶え間ない騒音、夜をゆるがせる叫び声、かん高い振動音で神経を消耗させる塵芥トラック、道路破壊用機械の情容赦ない打音、ブレーキのきしみ、サイレンの音、二番街を轟音立てて去るトラック。

これらすべての後で、ネルソンの沈黙《しじま》と、今日はとりわけ輝かしい一一月の白光が、まるで天啓のように戻ってきてくれた。

一一月一八日

車が一台一台と村広場《ビレッジ・グリーン》の緑地帯に向かって過ぎてゆく。今日は古い煉瓦の校舎で、婦人援助セールがあるから。完璧な日だ……空高くにあるちぎれ雲は、光をやさしくするようだ。日の光が、ドアの白い横木から小部屋にさしこみ、青緑色のソファにあでやかな帯を作っている。

私は幸福な気分で目を覚まし、早く机について考え、詩に手を入れようと気があせった。小説を書いた長い朝のあと、新しい本のために短時間で書き過ぎた昨年の詩のことだ。だが、例によって、義務のためにたちまち足を引っ張られてしまった。――『猫の紳士の物語』について、子供に返事を書かなくてはならないのだ……書こうと思った瞬間、ファーマーズ・エクスチェンジから、二袋の小鳥の餌が届く。今私は二袋、五〇ポンドの餌を二週間で使っているが、間もなく一週間に二袋は必要になるだろう。むさぼりやのカササギとリスにもっと必要になるし、キビタイシメやアメリカコガラ、ゴジューカラもご同様だから。それから昨夜読み終えた友人の本に推薦文を書き、次いで、私の作品について一文を書くかもしれないというキャロリン・ハイルブラン教授に長文の返事を書いた。彼女は私に数篇の原稿のコピーを送ってくれたが、私はブルームズベリーについて書かれたものにすぐさまとびついた。

ヴァージニア・ウルフを嘲笑もしなければ見下しもしない随筆を見つけることの嬉しさ！　ウルフ夫妻の一日の作業量を考えると、その生きたエネルギーだけでも私を驚倒する。この上なく繊細で、だからこそ精神錯乱ぎりぎりのところで生きたのだろう。それにもかかわらず、彼女が成し遂げた仕事を考えてもみるがよい――その一冊一冊が、形式における革新だった小説のほかにも、山のような随筆や書評、ホガース・プレス社による全作品がある。原稿を読み、編集するだけではなく、少なくとも最初は発送する本を荷作りすることさえやってのけた！　おまけに、彼らは、強烈な社交生活を送った。（私がお茶に招ばれて行ったとき、彼らはたいていディナーに出かける予定があったし、後刻パーティにゆくことも再々だった。）そのにぎやかさと楽しさ、途方もない生の感覚！　エリザベス・ボウエンが話してくれたロンドンの街中の長い長い散策。二軒の家をとりしきること！　私たちの誰に、彼女のしたことができるだろう？

ヴァージニア・ウルフの『ある作家の日記』（*A Writer's Journal*）には自分への関心が非常に大きいとしても、自己憐憫はない。（記憶しなくてはならないのは、夫レナードが当時出版したのは彼女の日記のごく一部で、しかも彼女の仕事に関する部分だけだから、それはやむをえない。）これほどの天才が、現在これほど意地悪い反応を起こさせるとは苦痛なこと。天才はありふれすぎているので、無視してもよいといわんばかりに？　彼女が大作家か小作家か、ジェイムズ・ジョイスを模倣したかどうか（私自身はしなかったと信じるが）。彼女の天才は限られたものだったかどうか、そうだとしたら階級によって？など、いったい問題になるだろうか？　真実として残るのは、どれでも彼女の本をとりあげたとき、より強烈に生きているという感覚なしにはただの一ページも読めないことである。芸術が生命を高めるものでなかったら、いったいどんなものであるべきなのだろう？　世界の半分は女性ではないか。女性に創造された芸術が恨みを買うのはどういうわけだ？　『源氏物語』を男性に書いてほしかったと思う者がいるだろうか？　女は確かに、男性社会に向けて書かれた本から多くを学ぶ。逆もまた真でないとどうしていえよう？　あるいは男は女の創造力をいかにも恐れているので（なぜなら彼らは子供を生めないために創造の中心でないから）、天才的な女性作家は男を激怒させ〝関係がない〟という嘲笑とともにないがしろにされなくてはならないのか？

私が若く、ヴァージニア・ウルフをわずかに知っていたとき、私はあることを学んで驚かされた――格別に感じやすい人でも、温か味に欠けていることがあるということ。彼女はものすごく好奇心があり、質問を浴びせかけた。それは冗談まじりの、魅力のある質問で、それを訊かれた若人を、瞬間でも彼女の注意の的になったことで喜ばせた。けれども私は時として〝アメリカ青年詩人標本〟として取り入れられ、小説家の代替経験の倉庫に整理されて入れられるような気がした。同時に私は、ここでは何を言っても許されるという大胆な気分、ブルームズベリーの気風の要《かなめ》の一つに違いない自由の感覚をも、人間の愚かさやみせかけを秘かに楽しみあえるという意識をも味わった。彼女は少なくとも一度お茶に招んで私に会うというたいへんな親切をしてくれたし、その後何年間か私が英国に行ったときはいつもそうしてくれた。けれどもそのいずれのときも、温か味を感じさせなかった。そしてそれは、驚くべきことだ。

一二月一日

またしても暗い日。ニューヨーク・タイムズの日曜版の書評で、こてんぱんにやっつけられる。私は予兆を感じていたに違いない、週末のあいだ、ひどく気が鬱いだから。今は生きぬくために、昔ながらの闘いをすることだ。二四人いる私の〝子供〟の誰一人として、真剣な批判的関心に恵まれない、そしてそのためにみな窒息させられたのだと感じるから。この書評はたんにばかげている。しかし、私の仕事について知識をもち、同情ある理解をもって作品を掘り下げる評者を選ばなかった、フランシス・ブラウンの敬意の欠如が私を傷つける。近頃ではフィクションよりもノンフィクションの方がよい評価を受けるらしいとは妙なこと。私がこうもくり返して殴打されるのには理由があると心のどこか深いところで信じるようになった（それは生きるための一つの方便だろうが）——つまり私は成功するようにはできていない、逆境こそ私にふさわしい風土なのだと。私の内部の人間は、逆境で栄える。より深く掘り下げることが私への挑戦なのだから。

それにしてもなんという孤独な仕事だろう……長時間の不安と心配、それにこんな長篇を書くためのものすごい努力、ふくらんでいた夢（なぜならそれはベストセラーの候補と思われ、リーダーズ・ダイジェストはその縮刷版に入れているのだ）が最後に見舞われる避けることのできない災厄。私はたくさんのよい書評を得たし、それについては愚痴をいえない。私が得ることのできなかったものは、今や無視できない作品となったものへのしかるべき敬意である。私がいるのは、人里を遠くはなれた荒野である。しかも私はそこに長時間立っていたのだ。しかし私が、自分の作品はよりよい評価に値いする、いつかは正しく判断されるだろうと信じなかったら気が狂うだろう。もう一つの道は自殺だし、私はそんな復讐の空想に自分を溺らせたくはない。

大きな雲が、何となく今日という日を切り抜けさせてくれた。頭上を航行する天与の光輝である。

一二月二日

今朝はテイヤール・ド・シャルダン（『神のくに』）を開き、次の文章を見出す。

精神生活の師たちは、神が欲されるのは霊魂だけであると、絶えずくり返していう。これらの言葉に真の価値を与えるためには、われらの哲学がいうように霊魂がどれほど独立して創られたものであろうと、その誕生と成育において、それが生まれてきた宇宙とは不可分であることをわれわれは忘れてはならない。神は一つ一つの魂が、言葉に伝えられぬ特別な方法でつなぎ合い完きものにしている全世界を、愛しかつその一部を救済する。しかしこのつなぎ合わせ、または溶接は、われわれにすでに仕上がったものとして与えられるものでもなければ、意識の最初の目覚めと同時に完成しているわけでもない。あちこちに散らばった部分をわれわれ自身が活動を通して懸命に寄せ集めなくてはならないのだ。海中の無数の層のなかに拡散した極微の物質を、組織のなかに集結する海草の働き、数多の花のなかに分散する花汁から蜜を作る蜜蜂の勤勉――これらは宇宙の諸力が、精神のレベルに達するためにわれらの中で通りぬける休みない働きのおぼろなイメージに過ぎない。

かくて、各人はその人生の行程においてたんに従順に従うことを示すだけではすまされない。彼は誠実をつくして、彼自身というもっとも自然な領域から始め——地上のありとある要素《エレメント》の何かがこめられた仕事を、作品を築きあげなくてはならない。人は地上にある生涯のすべてを通して、みずからの霊魂を作る。そして同時に彼は、彼の個人的業績という展望を無限に超越するとともに、それを狭く規定もするもう一つの仕事、もう一つの作品、すなわち、世界の完成という共同作業に加わるのである。

われわれは、霊魂を創造していると信じられるときはじめて、人生に意味を見出すことができる。しかしそれをいったん信じたなら——私はそう信じるし、常にそう信じてきたのだが——私たちの行為で意味をもたぬものはないし、私たちの苦しみで、創造の種子を宿さぬものはない。私はあのひどい書評以来（それ自体重要ではない）、どんなに不公平な書き方がされていようと、あれは私があの小説を発表するについて、物質的な面に気をとられすぎたことへのメッセージだったと確信するようになった。私がベストセラーへの危険な希望を抱き、また今度ばかりは、批評家、つまり権威者から今までよりもよい評を得られるのではと思惑し、仕事がそれ自体で独立し、一人歩きをし始め、自分が発見した森に咲く野の花を見出した人の興奮で少数の人に見出され、心から心へ伝わってゆくことをもう一度願わなかったことへの警告だったと。私の仕事を発見してくれるであろうどこかにいる誰かの孤独と私の孤独のあいだには、真のコミュニオンがある。過ぐる何年かのあいだ、私はその祝福に恵まれていた。それは野心から〝解放されて〟いて、ポピュラー・ソングの言いぐさではないが〝世間を忘れさせる〟。これこそ私の希望できることであり、私はそれより多くをも少なくをも望むべきではない。

私の大好きな作家たち――トラハーン、ジョージ・ハーバート、シモーヌ・ヴェーユ、小説家のツルゲーネフ、トロロープ、ヘンリー・ジェイムズ、ヴァージニア・ウルフ、E・M・フォースターを考えてみると、彼らはみな謙虚で、引っ込みがちな〝自己実現者《セルフ・アクチュアライザー》〟であり、今期待されていることから見ると主流に属していなかった。〝人間の環境〟とよんでもよいかもしれない穏健な人間の声は、まったく流行の外にあって、無意味にさえ見える。けれども、そんな環境ではじめて息をつくことができ、養分を渇望している人たちは今までにもいたし、これからもいることだろう。私はそういった読者の一人であり、また時折り、そうした食物を供給することができる人間でもある。今朝の私にとって重要なのはただそれだけである。

一月二日

一か月ほど前から、クリスマスと本の出版のために途切れた日記を、また始めよう。クリスマスの大仕事はとてつもなくたいへんになってきたので、私のようなひとり者にさえ、これから逃れようとする人たちの気持ちがわかる。誰だってプレゼントを見つけ、包装し、送り出さなくてはならないという厖大な仕事と、カードや手紙を送らなかった人へのつきない罪悪感に埋められる一二月の半ばになると、私同様、反乱でも起こしたくなるだろう。

けれどもありがたいことに、この煩わしさとうっとうしさを償ってくれる慰めが、いつもこれには伴っている。

私がダブリンからハリスヴィルへと曲り、一見、有史以前の動物のようなものを見たとき、そうした瞬間が到来した。私はやがて、それがクリスマスツリーであり、男が肩に乗せて運ぶ先端が私に向かっていると悟ったのだ。あのひっそりと静まる森の、白銀におおわれた世界を、わが家へ届けようとする男が、そこにいた。一二月六日には、三八センチという雪が積ったのだ。幸い、予報があったから、ジュディと二匹の猫を早く家に帰らせるように手配しておけた。だから私たちは、完璧な平和の裡に雪を楽しめた。暖炉では火が燃え、外はふぶいていたが、まるでガラスの〝雪〟文鎮のなかの情景のようだった。

その前には、雪のためにランチが中止になったので思いがけない時間の余裕ができ、何日か私を追っていた詩を書きとめることができた。

事物の奔流のなかで、これ以外の恩寵を期待できるだろうか？　友人たちの心こもる贈り物には、遠くからのものもあれば、作品を通してしか私を知らない、会ったことのない人からのものもある――毛糸編みのチョッキ、美しい白のセーター、いちご色のタートルネックなど。これらの贈り物は、私をなんと、愛されいたわられていると感じさせてくれることか！　エヴァ・ル・ギャリエンは、私が小鳥に餌をやりに外へ出るときのためのみごとなウールの長いスカーフを作ってくれた。アン・ウッドソンは小さなポイント刺しゅう入りのクッションに、女神カリの詩の最後の何行かを入れてくれた――明暗をぬってヒナゲシを配した大胆なデザインである。私はその包みを開いたとき、嬉しさと、それの表わしている愛にうたれて涙を流した。

常にわたしらを助け
光なしには
一つの花さえ開かないように

暗闇なしでは
何ものも生まれないことを知っている
希望にみちた
精神《こころ》の庭園師たらしめたまえ
（メイ・サートン『一粒の芥子種』*A Grain of Mustard Seed* より）

一二月、日が短くなり、光の祭りが近づき、そして午後の時間の多くが暗くなるにつれて、私は今までになかったほどその祭りの意味合いを意識するようになった。ろうそくの光、クリスマスツリーの明り――私たちの灯り、小さな灯り――が、四時以後はすべての窓に映っている。

それから、年に一度だけ便りをくれる昔の学生や友人からの長い手紙という素敵なプレゼントがある。それらは私に、さまざまな生活のタペストリーを運んできてくれる。いささか圧倒されそうだけれど、そのつながり具合が面白い。ウェルズリーで私の知っている二人の最良の詩人、非凡な才能をもつ女性たちが、それぞれ結婚し、まったく書くことをやめてしまったという。そして今年になって、二人とももう一度詩に向かっているという。このニュースは私を喜ばせた。このことは今さらのように、女が結婚して子供をもち、かつ創造的であることがいかに困難かを思い知らせる。

大学がしないことは多々あるにせよ、それが勉強を要求する環境を創り出し、学生の一人一人が、みずからの知らなかった力を見出してその要求をみたしてゆくのは事実である。ところが、若い女は結婚すると、突然それまでの生活のあり方から完全に離れてゆく。けれども夫の方は、大学時代に定めた目標に向かって進んでゆく。彼女に期待されているのは思想《アイデア》を把握し消化してゆくことではなく、料理、皿洗い、洗濯をこなしてゆくことである。職業を続けることを主張すれば、多くのエネルギーと同時に、時間を組織立てる能力が必要になる。おまけに赤ん坊でもいれば、知的な生活から乳母への転身の跳躍にははかり知れない距離があるだろう。彼女が熱望する〝仕事〟は、まったく彼女に準備のない労働でおきかえられてしまった。彼女は子供を欲しいと思った。深い恋をして、欲しいと思ったものを手に入れた。だから自分がそれほど狼狽していることに罪悪感と困惑をおぼえる。今日の若い夫たちは日常の雑用を手伝う能力があるし、実際に手助けをする。さらにもっと重要なのは、彼らがこうした問題をよくわかっていて、熱心にそれについて話しをすることだ——妻の葛藤は彼らの心の平和を乱すから、熱心にならざるをえないのだ。しかし結婚において、妻が大地震の被害者であって夫はさにあらずという事実は残る。彼の目標は急激な変化を受けていないし、彼の存在の様式もまた急激な変化を受けていないのである。

こうした手紙の一つをここに紹介しよう。考えさせることが多くあり、これに言及することがかならずあるだろうから。Kは言う。

常にない活発な一年でしたから、私はとても若い気がしています。お笑いになるかもしれませんが、私の友人たちは悲愴なほど年をとる心配をしていて、若い人への羨望と、彼ら自身の若さを浪費することへの悔いでいっぱいなのです——しかも私のお話しているのは、小さな子供たちのいる、三〇歳以下の親なのです！　アメリカのように若人だけを崇め、到達すべき円熟した理想像を青年に与えない、将来に待望すべき何ものも与えないというシステムは、実に破壊的だと思います。（青春時代は往々にしてあまりにみじめなので、最後まで生きぬくためには、動機づけが必要なほどです！）

まあ、この辺りでやめた方がよさそうです。お説教になりそうですから。私はひどく時流に外れてしまったので、長広舌を吐く人たちのお仲間に入ればせいせいするでしょう……

詩を書くことについていえば、障害はまさに、私がけっして受け入れることもできなければ、どう適応したらよいかわからない、私が女であるという事実にあるのです。あなたとこれについて話せたらと思います。あなたはすでに、その内面的な意味を見透していらっしゃいますが、私はやっとそれが存在することに気付き始めたところなのです。（シルヴィア・プラス*が私の興味を引くのはそのためです。ロバート・ローウェルは彼女を〝女《めす》というより女性的〟といっています。それが何を意味するにしても。けれども彼女は、女性的《フェミニン》という壁を破って、何かしら自然なものになるように私には思えます。それはまだ性をもっていながら、女性的とさえいえない何かなのです。）少なくとも私には、結婚が最終的な結着をつけたかに見える女性らしさ《フェミニニティー》の重荷を私が受け入れるように、さもなくばそれについて何とかするように助けようと努めている、雄であり、ごくフロイト流である精神療法家たちに、その力がないのがわかります。私はウーマンリヴを闘っているすべての変人たちに感謝しています。私たちは、私たちの敵意とジレンマを真に目に見えるものにするために、彼女らを、並外れた神話的人物として必要としているからです。私のウーマンリヴとの接触はごく浅いものだったにもかかわらず、今年私は自分については何か新しい発見をしています。古い、行き場のない葛藤は平衡を失って投げ捨てられ、私は自分の野蛮な敵意のどんなに多くが男性に向けられたものかを知って唖然としています。私はいつも言語を拒否してきましたが、それは男性の発明品だからです。私自身の詩のなかの声は、私のなかから出てくるにもかかわらず、紙に書かれると男の声になります。私は自分の人生のなかでDのために場所を作ってやるその声、その役割を破壊したく思うのです。それは私だけの方程式ではなく、家族全体の伝統であり、女に対して深く痛々しいまでの臆病さを命令するのです。そして私にとっては、これはとりわけ耐えがたいことでした。私の生来の性格というのは、受身とは正反対なのですから！　でも幸運なことに、私のすべての友人のなかで、あなたを除くとDだけはこれを理解し、または同情をもつように見えます——彼こそ、私が経験するかもしれない性的危機によってもっとも脅威を受けるはずの人間であり、男性に対する私の敵意の一番手近な標的であり、私の心のバランスを再調整する試みから起こる不安定で、もっとも乱される人間なのですから、精神療法の原則に違反する事実と言えましょう。

この手紙は問題の核心をついていて、私は大いに動揺させられる。というのは、問題は芸術家、創造者としての女性への不信だからである。Kはもはや彼女の才能を適切とも妥当なものとも認めず、言語そのものを男性的発明品とみる。それは確かにドアを閉じてしまう。でも私はそれがまた開くと信じている。彼女のような真の才能は知的な公式をつき破り、彼女が今は否定していることを主張するに違いないから。いつかは、彼女自身の声が書くものに表われるだろう。ときどき、話し声が身体の中心からではなく、不自然な声域から出てくる人に会うことがある。甲高い、張りつめた声をもつ女の人のことを、とりわけ思うのだけれど。私は声をどう分類するかなど、技術的なことは何も知らないのだが、こんなふうに言いたい気持ちはいつももっていた。「お願いだから地に足をつけて、ご

87　1月2日　一か月ほど前から，

＊ Sylvia Plath. アメリカの女性詩人。一九三二年に生まれる。詩人テッド・ヒューズの妻。神経衰弱のため一九六三年に自殺。『冬の木立』『美しいつぼ』などの作品で知られている。

自分の声で話してくださいな！」

でもこれはたぶん、正直さというより（Kは痛烈なまで正直な人である）自信の問題だろう、私は私でよいという。

一月五日

今こそ私が、一人の女としてこの尼寺でひとり瞑想する私だけの生活をもう一度始めるために、少なくとも一日に一、二時間は、外から流れ入る世界をおあずけにする時間。けれどもドアのノックだけはおあずけにできない。昨日の午後は、ひそかにうんざりしながら手紙の返事書きに何時間もを費したあと、風呂場の掃除をすることにきめた。汚れながらも意気揚々としてようやく洗い終えたとたん、ドアのベルが賑やかになって、オハイオの女性がみぞれまじりの雪の中に立っていた。彼女はコンコードへの途次、ネルソンを通ったので私の所に立ち寄ることにきめたのだった。彼女は一週間かそこらまえに『愛のかたち』について長い、よい手紙をくれたのだけれど、まだ返事を出せないでいた。でも幸いに私は記憶していた。人々に理解していただけないのは、ここにくる手紙の一つ一つを思い出すことはとうてい私にはむりということ。なぜなら、見知らぬ人からのものが山のようにあり、私は読んだあと息をつくために、文字通り忘れなくてはならないからだ。彼女は半時間かそこらいたが、そのことで午後晩くの緩慢なリズムが壊れてしまった。それは、私がほっつきまわって二、三枚の葉書に返事を書くとか、なんでも容易に自然にできはするが、ほんとうの心理的なエネルギーとか深い応答を自分に求めないですむ、とりとめもない仕事をする時間なのだが。

そのことで中断があった後、急に暖炉の火が切れた。小部屋の暖炉にたっぷりと火を燃やしておうむのパンチを暖かくしておき、助けをよんだ修理の人は一時間以内に来てくれた。田舎に住む喜びに私がなれてしまうことはありそうもない――助けが要るときは、すぐに駆けつけてくれる人のいる嬉しさといったらない。

九時に、ニクソンと四人のテレビ評論家との対話ともいえない対話を、強いてテレビで視聴する。悪夢の最中に力強い夢を投じようとは無理難題だ、というニクソンの答が、すべてを言いつくしている――彼には、人間的な意味でのヴィジョンがまったく欠けているということ。なぜなら、生き生きした夢が生まれ、もっとも効果的に人々に伝えられるのは、まさに夢魔のような時期においてなのだから……一九四〇年のチャーチル、大恐慌時代のルーズヴェルトのように。なんて情けない、ちっぽけな魂しか、ニクソンから伝わってこないこと！　でもこの奇妙なばかり生気のない時間の直後に、二人の黒人、一人の中国人、四人の中産階級の白人学生からなる高校雑誌の編集者の、ブリンクリーへのインタビューが続いたのはひどく面白かった。これらの若人は考えを表現することができ、思いやりがあり、思慮深くかつ現実的だった。けれどもニクソンは、彼らに希望を与えるために何を言っただろう？ それでも、彼らの話は冷たい空気をあたためた。私は未来に幸福感を抱き、一八歳の青年の評が、無神経で敗北主義的な雰囲気に与えてくれるものを考えつつ、眠りについた。

そうして今……そして今こそ……内部の世界へ。目下、教育学の修士をとる勉強をしながら、公立高校でフルタイムの教師をするという重荷を抱えているDから昨日、「えらく短いけど、一言だけ書きます。メイさん、あなたが、へとへとになるような厳しい一年、いや一日を生きてゆくのに必要な、絶対の平静さと限りない力を得られますよう祈ります。あまりお会いできませんが、私たちは共に闘っていますし、敗けることはありません。」

一九七〇年の最良の思い出のなかには、Dとかわした、個人生活と愛についての会話がある。私たちはたがいを同種の人間と認め合った。裸をさらすことからくる（「裸で歩くことにはより多くの冒険心がある」というイェイツの言葉の意味で）傷つきやすさと、これほどの感情の強烈さとこれほど内部を開いてみせることに耐えるタフさのあいだのバランス、経験を分ち合う必要の衝動と、経験する時間への必要、つまり孤独を求めることとのバランス、自分自身になりきることと、自分を与えること——いうまでもなくそれは密接につながっているが——のあいだのバランスを求める人間として。Dは女性のもつ問題をよく自覚していて、愛人である女性自身の独立と成長への必要に敏感である。彼は寛容な人だから苦しんだ。だが彼はまた、うまくいかない関係を切り捨てる度胸ももっていた。この場合のように、男性の側から、女の問題を考えることはとりわけ勉強になった。Dは文句なしに不忠実を受け入れることを（「私には独立が必要なの」）期待されていた。それはどんな意味にしても、けっして縛られないという絶対の要求であり、私から見ればたんなる残酷と思えた。彼は女友達より七歳若いが、智恵にかけては彼女よりよほど年上である。私はこの青年に最大の尊敬を抱いている。彼が一三歳か一四歳のとき自殺をはかるほどの鬱病を経験し、それに続いて精神療法を何年も受けていなければ、二〇歳前半で今ほど老成していただろうか？　彼は今とても強くなっているし、たいへんな仕事をこなす強さをもっている。私はDや、昨夜テレビで見た若者のことを、新しい希望と信頼、さらに謙虚さをもって想う。私が彼の年齢だったときには、ロマンティックという言葉の意味においてのよき愛人でしかありえなかった――彼が考えるような意味で〃他の人〃を考えることなど到底できなかったし、いくらか安っぽい意味で私は野心的でもあった。

若者のことを考えると希望がわいてくるし、成長をたえず続くものと考えることでも、希望を与えられる。私は五八歳だが、この頃になってやっと、愛するという言葉の意味を理解しはじめたにすぎない……もう一度、愛に花を咲かせ、それを真に生きさせるために、球根を植えたり、雑草を抜く庭師のように、いく度《たび》となくひざまずくことを余儀なくされながら。

私は、リットン・ストレーチ*を熱烈に、無欲に慕い、彼の死後間もなく自殺したキャリントンの手紙を読んでいる。この本は心を動揺させる。感情について、また個人的なやり取りについてこんなに語るということに、私のなかの何かがひどく憤慨している。それでいて、ブルームズベリーの強味というのは、まさしくそのことだったのかもしれない。つまり、彼らの個人生活についての、驚くほどの率直さである。彼らは生涯のある時期において、多くの複雑な関係が育ち、さまざまな愛のかたちがあることを受け入れていた。彼らは、芸術に関係する者はほとんど誰でも、性的な両価感情《アンビバレンス》と折り合いをつけなくてはならないこと、両性的であること、情熱的な友情はセックスをふくみうることを受け入れていた。（ミラーやメイラーやヘミングウェイの、反逆的な露出主義や男性の役割演技《ロールプレイング》のあとでは、これがなんとまっとうに聞こえることか！）彼らは驚くほど豊かな雄《おす》的、精液的芸術作品を生んだばかりか（絵画、詩、小説と）雄的な経済学も生み、さらに、無秩序にもならず、自己耽溺することもなしに、なみなみならぬ生活を生きた。もし彼らが神経症であったとしたら、そしてたぶんそうなのだが、彼らは自身教化洗練されていて、かつ人を教化する体の神経症だった。彼らはことにアメリカ人の怒りを買っているのだけれど、それはわれわれの清教徒的な気風とそぐわないためである。われわれには、明白な神経病みとか、麻薬常用者とか、何であれ自分自身の恐ろしい手本によって人を教化する者の方がよほど受け入れやすいのだ。あんな連中が現実にいるとは、できすぎていると思われたのだ。彼らはなんとよく働き、なんという楽しみをもったことだろう！　おそらく、あの機知に富み、時には悪意をもった絶えまないゴシップが、われわれの品の良さという感覚を逆なですることがある――無理もないことだけれど。けれども、彼らにとっては、エチケットとは疑いもなく、何事が語られ、なされるかではなく、いかにものごとがなされるかを意味すると見えたのである。

ウィラ・キャザー**は、かなり強烈な個人生活を生きたらしいが、それを公衆の目にふれさせないために格別の注意を払った。彼女の死後、手紙の出版はいっさい禁じたほどである。ヴァージニア・ウルフが『オーランドー』は、彼女のヴィタ・サックヴィル＝ウェストとの友情を土台にしたものだとおおっぴらに認めた態度と比べると、なんという大違いだろう？　ここアメリカで、親のためを考えるというのだろうか？　自分の正直さが、親を傷つけるとでもいうのだろうか？

私自身の信条をいえば、真摯な作家ならば、自己自身を体験の道具とみるということである。生命は――そのすべてが――この装置を通して流れ、それを通して、芸術作品へと昇華される。一私人としてどう生きるかは、作品のなかに親しく組みこまれざるをえない。ある時点で、誰か架空の読者なり、現実の親類だとか友人を遠ざける恐れから書き控えることはやめなくてはならない、と私は思う。もし私たちが人間の条件を理解しようとするなら、そしてわれわれのもつあらゆる複雑さ、自己不信、感情の贅沢、罪悪感、喜び、緩慢な自己解放から行動と創造への全能の解放にいたる自己を理解しようとするなら、人間としても芸術家としても、私たちはたがいについて知りうるかぎりのことを知らなくてはならないし、裸で歩くこともあえてしなくてはならない。

＊　Giles Lytton Strachy. 一八八〇 - 一九三二。イギリスの伝記作家。主著は『ヴィクトリア朝傑物伝』、*Elizabeth and Essex* など。

＊＊　Willa Cather. 一八七六 - 一九四七。アメリカの女性作家。移民や開拓者をテーマにした作品を著し、*One of Ours* でピュリッツァー賞を受賞。

Photo by Eleanor Blair

一月七日

午後になった。今日は午前中、私の頭の中をまるごと走り抜けた抒情詩の第一節に、純粋な匠《たくみ》の技でしめくくりをつけようと試みた。時間にそれほど追われていると感じなくともよいのに、いつもそれを感じているし、これからも同じだろう。イェイツは一節の詩に一週間かけたという。いうまでもなく危険は、小手先細工に陥ることである。イメージもコンセプトもなしに言葉だけをいじりまわす危険である。私が苦労していたのは吹雪のなかの恋人たちと、廊下越しの小部屋にある大きなアマリリス――七つの大きな花が、静かに神をたたえるホザナを歌っているのだが――の白とのあいだの、想像力に訴える転移だった。

今の私が経験しているような、幸福で実り豊かな孤独の期間には、社交上の侵入であれ義務であれ、ちょっとした邪魔が私の織機《はた》の糸を切らせ、パターンをこわしてしまう。二晩前のことだが、直前になってタウン・ミーティングの幹部会に出るようにといわれたが……まいった。けれども、人々と共にいることで、少なくとも私はある内察を与えられた。ある隣人が、ちょっとした車の事故にあったが、地元の新聞を説き伏せて、免許証にあるほんとうの年齢ではなく、三九歳と新聞に出させたというのだ！　この内緒話に、私はまったく驚いてしまった。私は五八歳であることに誇りをもち、いまだに生きて夢だの恋だのと関わりあい、かつてなかったほど創造力もあればバランスも保ち、可能性を感じている。肉体的な凋落のいくつかは気にならないことはないけれど、つきつめてみれば気にはならない。それに、ビルが送ってくれた、死の直前のイサク・ディネセン*のすばらしい写真を見れば、そんな心配はふっとんでしまう。なぜなら、結局私たちは生きてゆくことで自分の顔を作ってゆくのだし、若いあいだに、今の彼女のような顔に誰がなれただろう？　あの微笑の、言葉につくせないやさしさ、そこから感じられる完全な受容と喜び、生命も、死も、すべて受け入れられ、まるで賞味されているかのよう——そして、そのなかに身をゆだねきる。

　ここにきてようやく私のなれた、全人間としての存在と比べれば、あちこちに皺ができたことなどさして重要でなく見える。『詩人とろば』のなかのどこかで、アンディは私の気持を、次のような言葉で伝えている。「私から年齢を奪わないでください。働いて、ようやく手に入れたのですから。」

　私の隣人の、永久に三九歳として知られたいという望みは、われわれの文化が、成熟を資産と見る気風を与えないために、三〇代の人に若さの喪失を嘆かせるというKの手紙のことをふたたび考えさせた。けれども、私たちの周囲にはたくさんの例がある。T・S・エリオットは、七〇歳になってようやく、完全に成就した幸福な結婚に入ることができたようだ。イェイツが結婚したのは五〇歳を過ぎてからだった。私は今にして、もっとも充実した愛を経験し始めている。しかしアメリカ人はどういうわけか、中年過ぎての情熱的な恋という考えそのものをおぞましく思う。彼らは、生きていることを恐れているのだろうか？　彼らは死んでいたいのか、つまり安全でありたいのか？　なぜって、いうまでもなく、恋をしていれば、人は安全でなぞありえないのだから。成長は要求するものであり、危険にも見えよう。成長には、得るものの代わりに、喪うものもあるから。だが、成長することをやめるなら、なぜ生き続けようとするのだろう？　そして成長にとって、愛という、もっとも深く秘められた内奥の自己を呼び出し、それを求める関係以上に、要求の大きい雰囲気があるだろうか？

三九歳にとどまりたいという隣人の欲求は、心配から出ている——人が彼女の年齢を知ったら、もはや魅力を失うだろうという。だが、円熟した関係を求めるなら、人はそれを自分の年齢仲間のなかに求めるだろう。私は自分よりうんと若い人と恋におちることなぞ考えられないのだけれど、それも私が愛を感情教育と考えてきたからなのだ。そして若い人から、私が愛について学ぶことは少ないのだ。

＊ Isak Dinesen. 一八八五－一九六二。デンマークの著作家、カレン・ブリクセンの筆名。ブリクセン男爵夫人としてのアフリカ体験『アフリカをあとに』の他、『七つのゴシック風物語』『冬物語』など、物語作家として知られる。

一月八日

昨日は妙な、慌しい、中心のない日だった。それでも外に出てゆかなくてすんだし、日は輝いていた。今日の私はもっと集中しているし、時は私の敵ではなく味方である。今朝は零度だった。書斎では火が燃え、机には黄バラとミモザがある。家の中には祭りのような、解放の雰囲気がある。家と私は一体となり、私は一人でいることに幸福を感じている——考える時、存在する時だから。こんな風に、限られていない時間というのは、真に意味のある唯一の贅沢であり、それに恵まれたときは、途方もなく金持ちになった気がする。おまけに私は今年になるまで、いや過去何週間か前まではめったに感じたことのなかった、生活と仕事の両面での充足を、少なくともこの瞬間には感じている。

左を向くと、炎のような色をしたシクラメンが三〇ばかりの翼ある花片を光に向け、その背後には澄んだ青空があって、光のあふれるステンドグラスのよう。私は返事を出していない山のような手紙の堆《うず》を、見なくてもすむよう箱に入れて足元においた。そしてもう一度あの詩を考える。最後の部分に、今もって苦労しているのだ。

一月一二日

雪が降っている。気分が良いなぞとけっして口に出していうものではない。かならず、ものすごくいやなことが起きるにきまっているのだから。二晩前またしても激情が見舞ってきて、私は癇癪と神経の昂ぶりと、Xへの怒りの恐ろしい発作に襲われた。続いていつもながら刺すような不安がブーメランのように戻ってきた。何か月ものあいだ、こうした発作を経験しなかったので、こんな風な逆戻りは恐ろしい。癇癪とは永遠におさらばだ、などといい気になっていた思いあがりもこれまで。あちらの方がよく知っているというもの。

どんなに親密な関係でも、時としてこういったストレスで苦しむのは確かなこと。内部の世界が、往々にしてごくつまらないことをきっかけに爆発し、怒り（いつでもそこにある程度は存在している）が燃え上がる。その後では、予想もしなかった互いへの恐ろしい攻撃をからくも生きのびた二人は、共に傷つき、恥じるのだ。けれどもその最悪の危険は、その重要さを誇大視し、昨夜私の経験したようなパニック状態に陥るのを、自分に許すことだろう。私はあんまりひどい不安に駆られていたので、髪の毛はすっかりびしょびしょになった。こんな経験は、憩室炎で一週間入院し、肉体的な激痛に襲われた時だけだ。

こんな時には、肉体と心の全存在が、ののしりあいの中で文字通り統制を失ってしまうので、何が起こったかを知るためには冷静になるのを待つほかない。Xが昨夜電話をしてくれたので、今朝は気分が落ち着いている。私たちは、この発作が起きる前の時点に戻るのに時間がかかるだろう。これは高くつくのだけれど、二日酔いのたびに〝もう二度とやらない〟と誓う酒呑みと同じで、罪深い自分との闘いは続くのだ。その代価は、精神の消耗である。私は、起き上がり、寝床をととのえ、朝食の後片付けをするのがやっとだった。しばらくのあいだ、何一つ意味をもたない。唯一の慰めは、私がまた煙草を吸い始めなかったことだ。これで禁煙の五日目なのだけど。いまだに私は自分が〝ちょっとした楽しみ〟からすべて遮断されていると感じ、ものうく、気分が落ち込んでいる。けれども私はXのためにも私のためにも、煙草をいっしょにやめようと決意を固くしている。

この日記は、何年もいっしょに暮らした妹が突然昨夜亡くなったというJの電報で中断された。もし私たちが怒り狂っているとき、Xにこんな事態が起こったとしたら？　均衡をとり戻すためには、われわれは常時危険にさらされているという事実の背景に、愛する人をおいてみさえすればよい。これほどの逆境に抗して維持される愛の現実を、うまくいっても短期間にすぎないその長さと比べるといったい何が重要だというのだろう。

今日の日記は、私がよぶ〝ふつうの日〟に献げられるはずだった……そこへ、激しい感情の発作が見舞ったのだった。明らかにこれという事件のない、そうした日々は、その不動の骨組みの範囲内ではもっとも創造的で、貴重である。だから私は、日本に滞在中にもなったように、ネルソンを想ってホームシックになるときは、ふつうの日を天国のように思う。けれど、幽閉された囚人と同様に（私も冬中は幽閉されていることが大半なのだが）、私もその骨組みのなかでは行動することが肝要だと知っている。自由な心で仕事にとりかかる前に、ベッドをきちんと整えなくてはならないし（私のいちばんきらいなこと）、皿を洗い、家の中を片付けなくてはならない。いやな仕事にはごほうびが要るが、ごみを外へ出したり、パンチの鳥籠を掃除することには、よく、煙草がごほうびになった。庭作りのできない冬のあいだは、家の中の整理が仕事になる。今週私は、二階のがらくた部屋を片付けている――スノーブーツからクリスマスツリーの飾り物、破れたシーツ、草木鉢の置場の道具類にいたるまで、信じられないがらくたの山である。ウイン・フレンチが、軒の下に、四つの貯蔵場所つきの長いベンチを作ってくれることになっている。冬のブーツ、毛布、冬着、クリスマスツリーの装飾品などのために。ここに一二年もいたのに、今になってようやくこの問題を解決しようとしているなんて、われながら驚きだ。事実は、この家に引越ししたとたんに私は書き始め、庭仕事を始めたのだ。それこそ私の求めていたことだったから――毎日のリズム、一種の、詩による遁走曲《フーガ》、庭仕事、家の中で眠り、目覚めるということ。一日中家の仕事をすることだってできるけれど、手のつけられない混乱が遠ざけられ、私の眼の届くところに美と秩序さえあれば、私はそれで安んじられる。折々、戸棚の中の混乱があまりひどくて、片付けざるをえないときがあるけれど、そんなときは仕事が終わったとき、たいへん満足する。年中行事としていえば、大体において一月は大片付けと、蒔く種子をカタログで選ぶときである。種子を注文することは、収入税の計算へのごほうびといえる。

思うに、生活に十分安定した、実りある骨組みさえあれば、どんなに激しい嵐がきても、その破壊的な影響に耐えることができるのではないだろうか。多くの人にとって、これは彼らの職業が果たす——ストレスを救う一定の仕事を与えられることによって。私も生きのびるために、私自身のそれを創造しなくてはならない。そんなわけで、今は手紙をとりにゆき、車をスタートさせる時間である。

一月一三日

オオカミ月夜《づくよ》、とはよくいったもの。昨夜のそれはまことに明るくて、なめらかに輝く雪の面に反映し、眠れなかった。三度も四度も起き出して寒暖計を見るが、午前三時に零下二三度。ベッドに戻りはしたがパイプが凍るのではと心配になり、全部の蛇口からお湯を出しておく。たぶん四時頃と思うけれど、やっと半ば眠りに落ちたとたん、ドシンという大きな音がして、あの夜を脅やかす名もない動物が地下室の階段をごそごそとかき回し始めた。どうかチプマンクか大きなネズミであって、まちがってもドブネズミではありませんように！　ここで私が夜通し眠るということは珍しい。だが、私のもっとも実り豊かな思考は、二、三時間眠った後に目をさまし、しなくてはならないことがなく、起きる必要さえもない継ぎ目のない時間の瞑想から生まれてくる。でも昨夜は、外には冷たい月影が照りかえっているし、心の中の怒りに対する私の苛酷な思いのおかげで、らくな夜ではなかった。いうまでもなく、こうした激情のもっとも恐ろしいところは、それが愛する者に対して与える害である。

こうしたことのあった後では何日も、私は自分と折り合いをつけ、自分の中の破壊者と対決しなくてはならない。私は悔いよりも恥ずかしさをおぼえる。

私は今でも、あのニューヨーク・タイムズの書評で傷ついている。あれは私のバランスを失わせた。まるでレースを走り始めたと思ったら、何かに足をとられて、転倒させられたようなもの。

近頃、Xが仕事についてよく不平を言う。それに比べると、私の〝仕事〟はやさしく、私の生き方全体が甘やかされたものに見えるにちがいない。そしてある意味では、そのとおりなのである。私たちは一週間を共に過ごした後、別れて各々の生活へと戻っていったとき、何やらはっきりしない、不合理なやり方で、その違いに腹を立てるのである。

一月一六日

この週はついていない。ほとんど何をしたということもなく、時を無駄にし……気分を沈ませていた。水曜日のランチ会も役には立たなかった。ランチとは、よくないものだ。一日の大事な部分と、午前中の仕事の広がりを奪い去ってしまう。おまけにひどい寒さがエネルギーをしぼりとる。小鳥の餌箱を充たしたり、車をスタートするために外へ出る数分間にも、それを感じる。

一月一七日

七時に起床したときは零下二九度だった。小部屋でさえ（サーモスタットが二七度にセットしてあるのに）二一度以下になっている。パンチが寒さで死ぬのではと心配だったので、まず一番に暖炉の火をたく。暖をとるために私自身もそこで朝食をとった。それに、パンチの籠のふたをとり、彼の〝解放〟を喜ぶ金切り声を聞き、つづいて彼が鏡の中の己れの姿に対面したときのやさしいつぶやきを聞くのは楽しいことである。彼はどうしてなかなかの番犬、いや番鳥なのだ。近所の朝出の犬たちが立ち寄る時間だから、庭に入ってくるのがいると、彼はけたたましい罵声を浴びせるのだ。

今は九時。シーツをとりかえてベッドを作り、ポテトの皮をむき半熟にし、豆のさやをとり、日曜のディナーのための用意をする。K・マーチンが来ることになっているので。

昨日夕食前、芳しくない先週の評価を書いていたとき、車がやってきて、水仙、ブルーフラッグ、ネコヤナギ、おまけに三本の黄バラの箱が届けられた。アン・ウッドソンからである。このやさしい人は、新しい詩集『一粒の辛子種』がここに届いたお祝いをしてくれたのだ。この本は昨日着き、一日の焦点をさらに分散させる役をしたが、それはむろん、私がこの初版を友人たちに包装して送らなければならないから。私はこの新しい赤ん坊を抱えて誰一人見せる人もなく、一人ぽっちであることを悲しく思う。私はこの本をとりあげ、そこここを味わってみる……奇妙な時代の、奇妙な本ではある。暗殺と、戦争についての希望の挫折と、ゲットーと、失業と、私たちにつきまとい、悩ませてやまないあの圧倒的な六〇年代の。

外がひどく寒いときに、家の中に春の花のある美しさ——きらきらと輝く日だ。空は、チャーターズのステンドグラスのつきぬけるような青。太陽は長い帯状に床に光を投げているのだけれど、冷気がしのびよる。寒さとは、疲労困憊させるもの。

一月一八日

今朝はいくらか暖かい。零下二九度でなく、零下一八度なのである。電気毛布の上に一枚余分の毛布をかけて寝たが、端の方のぞくぞくする寒気がやわらいで、暖かかった。眠りから目覚めて、この日記について考えた。明らかに、何度も出てくるテーマというものがあって、それらは掘り下げられなくてはならない。そうしたテーマの周囲に、私は何年かにわたって、他の人々の智恵を積み重ねてきた。私はこの本が月並みなものであってほしくはないが、標準ということに関して言うなら、この貯えを時々引き出してみるのも悪くはあるまい。そんなわけで、私はちょうど一時間近くを、フラナリー・オコーナーの『人工的な黒ん坊《ニガー》』のなかのあのすばらしい文章を見つけるのに費やしたところなのだ。私は、救済とは、創造と同じく連続するものであり、それを期待することは身のほどを超えていると思うときでさえ――いや、そのときこそ――恩寵によってそれに入ることを許されるのだと、確信している。私のいう文章とはこれだ。

ヘッド氏は静かに佇み、慈悲の行為がふたたび彼にふれるのを感じた。しかしこのときは、それを名付ける言葉がどこにも存在しないことを知っていた。彼はそれが苦悩から生まれたことを理解していた——何人にも拒まれず、奇異なやり方で子供たちにも与えられる苦悩から。それは人が死のなかに持ちこむことができ、その創造者にさし出すことのできるすべてであることを彼は理解し、突然、自分の携えられるそれの乏しさを思い、恥辱に身を焼かれた。彼は神の完全さをもってみずからを裁き、呆然と立ちすくんだが、そのあいだにも恩寵は彼のプライドを炎のようになめ、焼きつくした。彼はかつて自分を大罪人と考えたことはなかったが、絶望を恐れるあまり、真の罪深さを直視しえなかったことをいま理解した。彼は自分がアダムの罪を心に宿した、時の始まりから、可哀そうなネルソンを拒んだ現在にいたるまで、神に許されていたことを悟った。彼はまたどんな空恐ろしい罪も彼自身犯せないわけではなく、神は赦しに準じて愛されるので、自分はそのままで、その瞬間、天国に入れると知ったのだった。

妙にうつろな日。気分が悪く、ごろごろしていて、白い壁を背にした水仙を眺めた。そして二度までも、部屋から部屋へ漂うこの花の常ならぬ香りのために、私は幻覚を見ているに違いないと思った。何もしない日がどんなに重要であり、日記の数行も書かず、何も産み出すことを期待しないことが時時どんなに大切であるかを、私は忘れがちである。いまだに、父から受け継いだ、仕事へのノイローゼにかかっているのだ。自分を限界まで使わなかった日は、害のある、損われた、罪深い日であると。だが実はそうではないのだ！　精神《サイキ》に対して私たちのできるもっとも貴重なことは、時折り、それを休ませてやり、遊ばせてやり、光の変化する部屋の中に生かしてやり、何かであろうとつとめることも、何かをしようとも、いっさいしないことだ。今宵私は恵みのなかにあり、柔軟で、さほど緊張していないと感じる。夕食前私は過去二年間の詩を整理することができた。ずいぶんあるのだ。私の六〇歳の誕生日には、六〇篇の新しい詩を発表するつもりである。今の考えでは、主として愛の詩集になるだろうが、戯れに〝六十路《むそじ》の六〇詩〟とよぶ。

一月一九日

今日は零下二三度。相変わらず、キラキラと光るステンドグラスのような青空が、今は情け容赦もなく見える。もっと暖かい空気とやさしい雪に天気がどうぞ変わってくれますように！

情熱的な愛は若い人だけのもので、四〇までには首から下は死んだも同然、その年齢を超えると、どんなに深い感情も情熱も、ばかげたものか、とてつもなく反逆的なものになるという、押しつけられた見方、ピューリタン的な気質の課した見方の、なんと実体に乏しいことか！　フランス人は、私たちの愛する能力はやわらかく熟れてくること、どんな愛でも、よいものならば年齢とともにますますよくなってゆくことを知っていた。いや、あの神話を普及させたのは、私たちのなかのピューリタン気質ではないのかもしれない。ひょっとするとその逆なのだ。ピューリタニズムへの反逆が、セックスを神とする新しい態度を開かせ、性のチャンピオンを真の英雄にさせたのだから。この考え方によれば、中年や老齢の人間は不利な立場にある。けれど私たちは愛することそれ自体においては有利な立場にある——私たちは若い人よりもよほど多くを知り、憂慮や欲求不満、いやロマンチシズムさえも、よほどうまく扱うことができる。おまけに深いところで、私たちはやさしさをふんだんに貯えているのだ。それは、モーツァルトの音楽のような歳月であるべきなのだ。

表面上、私の仕事は急進的なものには見えなかったけれど、ひっきょう、私が果たそうとしていたのは〝当たりがよく、静かでしかも騒々しい〟言い方で、急進的なことを、ショックを与えずに表現することだったと、見られるようになるかもしれない。同性愛への恐怖はまことに大きいので『ミセス・スティーヴンズは人魚の歌を聞く』を書くことには勇気がいった。それは、セックス狂でも酔っぱらいでも麻薬常用者でもなく、またどんな意味にせよ嫌悪を起こさせることはない、ただ同性愛者である女性について小説を書くことであり、あわれむべき人でもなければ、ぞっとさせるわけでもない人を感傷なしに描くこと、そして、こんな生活では、愛がふつうの意味でみたされることはなく、幸福ではありえないという真実に直面することだった。

けれど私は、もし私に家族があったら（あれを書いたとき、私の両親は亡くなっていた）、あの本のなかでのように〝自分をぶちまける〟ことはできなかっただろうし、私がふつうの職業をもっていたら、おそらくやはり無理だったろうとは、よく承知している。私は正直であることを許されるからこそ、大きな責任がある。人から、性的な文脈のなかで視られるようになると、作品は歪んだ角度からしか読まれないという危険がある。私は結婚と家庭生活についての小説を数冊書いた後ではじめて、『ミセス・スティーヴンズ』を書いたのだった。

「結婚について、あなたはなぜそんなによくご存知なのですか」と、最近何人の人から訊かれたことだろう！　一部は、私の家庭生活へのノスタルジアであろう。一人っ子の郷愁が、ふつうの人にはごくありきたりに見えることを、ひどくロマンチックに見せるのである。子供のとき、私はいつでも他の人の家庭生活を借りていた——一週間とか、一か月とか、夏に招んでもらったキアサージのボートン家とか、ローリーのコプリー・グリーンズ家とか、ダクスベリーのランクルズ、なかでも、ベルギーのブリュッセル郊外のリンボウシュ家とか。でも私が結婚について多くを知り、またそれを意識して観察したのは、これらの家庭を通してではなかった——親相互の関係という意味では、彼らは影のうすい存在であり、その当時私たちに問題だったのは、彼らの子供たちへの関係だったのである。いや、私が結婚について学んだのは私の両親からだ。彼らの実りのある良い結婚、しかも苦痛があり、完全とはいえない結婚と、私自身の私生活や、私の愛した男性や女性を通してなのだ。

こういったいっさいを煮つめてみると、結局、アメリカ人気質とか態度は、いまだに基本的には清教徒的であり、（私が今まで何を言ったにしても）その価値は、人生に花を咲かせることではなく、人が存分に人間になりうる前に問われなくてはならない制限だとか、規律とか、社会的習俗に根ざしている。

そして若者が新しい倫理的態度を求めてあがいているとき、アメリカ社会を健康な意味でゆるがせているのは、まさにこの疑問に他ならない。その過程は混乱して暴力的にさえ見えかねないが、安定と調和のある倫理的態度《エトス》をついには見出すにちがいない。成長は、それなしには不可能なのだから。私の受け取る手紙は、飢えの叫びにみちている。それも言葉の、深く十二分な意味での、経験に対する飢餓の叫びなのである。女が家の中に人工の花を置き、一年に二度塵払いをしてすむものなら、彼女には死の意味を理解することなど及びもつくまい。女がいつまでも三九歳でなくてはならないなら、てん足をしていた一〇〇年前の中国女性と同様、成長を止めているのは確実だろう。

先だって、ゲラ刷りの小説が送られてきたが、読んでみて、私は心を乱された。それはニューヨーク市の古い家に、四階に分かれて住んでいる四人の女性についての話だった。その一人一人の生活で、セックスがもっとも大きな役割を占めているが、いかにも粗野な扱われ方で、微かの〝分別〟さえ感じられない。男が、匿名で書いているのではないかと思う。自分以外の人を愛する女は一人もいない上に、すべてが本質的にセックスの行為そのものに執着している！　一人ならばともかく、こういう女を四人も書くとは、著者はよくよく女嫌いと思わせる。もし男でないとすれば、この恐ろしい小説を書いた人は非常に若く、あまりに若いので、中年後期を怪物的としか考えないのだ。私は出版社に、この小説について無愛想な手紙を書いてやった。

私が、人生と愛が年齢とともにひろがってゆくと話すとき、セックスはもっとも重要でないことに思われる。どんな年齢でも、私たちは自身の宇宙観を新しくする可能性のある、意識の拡張や、新しい言語の習得や、新しいわざや巧み（庭園作り！）によって成長してゆく。愛は人を拡大させる偉大なものの一つであるが、それは他者を自分のなかに〝取り入れ〟て彼を理解し、相互によい関係をもつために自制と忍耐と想像力を働かせることを要求するからである。もし愛が情熱をふくむなら、それには爆発力と危険がよけいにあり、私たちをより強く掘り下げさせないではおかない。偉大な芸術も同じことをさせるではないか……

リルケの「アポロの古風なトルソ」より。

ここには、あなたを見ないものは何一つない。
あなたは、生活を変えなくてはならない。

一月二七日

Xと週末を過ごして帰ると、ほんとうに一月の雪どけの最中。でも昨夜は二、三時間のうちに二五度も温度が下がり、世界はかちかちに凍ってしまった。四時半のいま、温度は零下一八度になり、容赦なく風が吹く。シジューカラはたよりなげに見え、ふわふわのほこりだけみたいな羽毛はあらゆる方角になびいている。私は書斎に火をたき、〝黄金の太陽〟水仙を机においた。レモンと、何かもう少し甘っぽい熱帯的なものの中間であるその香りが、部屋中に漂う。この午後は水仙を五つ六つの鉢に植え、二つのアマリリスを窓際に置いてはみたものの、芽を出させるには、寒すぎるのではないかと心配している。

野良猫が帰ってきて、ミャオミャオとやっている。以前は緑の眼で私を見つめたまま、黙って待っていたものだ。私は彼女にミルクと肉をやっておいたが、今皿をとりにいってみると、ミルクは半ば干されただけで凍っていた。でも肉だけは凍る前に食べてくれた。説きふせて、家の中へ入れてやりたいのだが、野性が強すぎる——皿を出してやるといきなり逃げ出し、私の姿が見えなくなるまで待ってから味見をする。

寂しさが身にしみる。なすべきことの山積みになった、誰もいない家に帰ってくることの怖ろしさ。でも、少なくともウイン・フレンチは、貯蔵室用に私のデザインした長ベンチを仕上げてくれた。みごとな出来栄え。がらくたをしまうための四つの大箱。こんなものを作ってくれる隣人がいるなんて、素敵！

私の周囲の空気だけは死んだよう。近頃は生活に生気を与えることができなくなってしまった。まるで島流しにされたような気がする。午前中いっぱいは机の整理、講義についての長距離電話、収入税（いつものことながら私は恐慌状態）、それにしばらくは電話が通じなかった——というようなことで過ごし、つまらない興奮や心配ごとで平和が乱されてしまうという一日。おかげで今夜は自分が愚かしく思え、腹を立てている。

退屈とパニックは、孤独な人間が闘わなくてはならない二つの悪魔だと気がつく。今日は午後横になっても安らぐことができないでとうとう起き出してしまったが、パニック状態で汗びっしょりだった。といって何のためにこんな状態に陥っていたのかは定かでない。孤独のパニックとでもいおうか。

目下は、ここでの生活に退屈している。十分な栄養のないせい。よい会話、劇場、コンサート、美術館など——文化の香り——のこの辺りにないことが、退屈の真空をつくることが時々ある。そして、Xには何度も言ったことだけれど、ネルソンへ一人でやってくるという冒険はすでに終わり、かつては創造するのに忙しかったことを、今はただ、維持しているのに過ぎないことが問題なのだ。年をとり、にぶく、役に立たなくなったと感じる。

一月二八日

寒くて感覚を失いそう。今朝はパンチが死んだのじゃないかとおそろしく心配した。近頃のように夜が冷えこむと、家の温度を一七度以上にあげることができない。けれども鳥かごのカバーをとったときには、彼は嬉々としていた。これからは電気毛布をカバーとして使うつもりだけれど、これならばトーストのように暖かいだろう。

『愛のかたち』についての返事を、オレゴン、カリフォルニア、ペンシルヴァニア、インディアナに送る。これらの人々はそれぞれどんなにしてあの本を手に入れたのか、どうしてその存在を発見したのか知りたいと思う。たとえばサタデイ・レヴュー誌には書評が全然でなかったのだから。

二月一日

今朝も零下二三度。でも、パンチが暖かく無事だと知っているのでよく眠った。電気毛布というものは驚嘆すべき考案である。夜中に数回目をさまして家中を歩き回り、水道管が凍っていないことを確かめるために栓をひねり、立ち止まっては考えた。星はやたらに大きくて、窓ガラスを通してヒナゲシのように見える。

いますぐにどうこうしなくてはならない圧力のない、今日このごろのような静かな日々が私から奪われたとしたら、その貴重さがどんなに惜しまれるか、想像にあまりある。昨日の午後は、小部屋にさし入る日光が、暖炉のそばの戸棚にだんだらを創りあげていた。この時季には毎年見るのだけれど、えもいわれず美しい。日没時、光は牧場を横切る丘をばら色に染め、木の根元の雪に長い影を投げかける。それはやさしく柔らかい光で、もはや一月のあの妥協のない、まばゆい光とはちがう。それに、日の沈むのがようやく一時間そこら遅くなったということは、何といってもありがたい。

先日、友人が留守をしているあいだに盗難にあって、テレビから骨董品のガラス製品や陶器、高価なシェードつきのものも含めてランプいっさいなど、家中のめぼしいものをみな持っていかれてしまった。彼女は攻撃意識、今の時代の恐ろしさなど〝漠然とした敵意〟の全般にわたって喋った。攻撃は個人的なものではなかったにもかかわらず（と、いずれにせよ私は思う）まるでそうだったように感じさせる。盗人たちはたぶん麻薬を使っていたのだろうが、考えてみればこの近辺がもっと再々盗難にあわないのがふしぎなくらい。私は村のなかにいることと、盗人たちのお目当てであるアメリカものの骨董を持ってないことで、ある程度保護されている。それでもこの三年ばかりは、この家に来てはじめて恐怖感、悪意のあるよそ者が戸を叩くのではないか、あるいは窓を破って侵入してくるのではないかと心配するようになった。

英国の郵便ストライキがもう二週間も続いていて、友人や縁者と通信ができないというのはおかしなはなし。従妹ジャネットは、クリスマスに三冊の詩集を送ってくれた。アーサー・ウェイリーの中国語の翻訳にもう一度浸ることのできる嬉しさ！　それらを読み、そのじかの描写のもつ力にふれ、またそれが読者の気分にどんな効果を及ぼすかを感じて、雪の上の影や壁にさす光など、静かな幸福の詩を書くことを、夜半、夢見た。そんなことができるだろうか？　それとも私にとって、詩とはいつでも緊張を処理するためのもの、緊張から緊張をつなぐ極なのだろうか？

ジャネットはテッド・ヒューズの*『鴉《からす》』も送ってくれた。いま、詩ではこうした種類の登場人物を見つけるということが流行している（ベリーマンが始めた）。不安や怒り、狂おしい笑いなどを注入することのできる、桁外れの、底暗くしかもユーモラスな、おかしげな人物である。私たちは自分自身であること、素裸でいることに倦いたのだろうか？　女は登場人物を使う必要を感じない。私の考えでは、女は男よりもよほど、自己実現に関心がある。女は男よりも生命を大いに内面化するが、その内面化から生まれる詩は強い効果を与えうる。形式《フォーム》は、必要な〝距離〟をつくる。虚勢の素裸はいやなもの。それは当惑感を与えるから。「見ろ見ろ。俺さまは、ショッキングだろう？」と。けれど透明であることは衝撃的でない。「私をよく見調べなさい、そして人間を、君自身を見つけたまえ。」事柄の具体的な細部と本質のあいだのどこかに、詩の宿る国がある。

でもこれを書いているあいだ、私には、私をあの肥沃な無意識の創造の世界につれてゆこうとする、とうとうたる波のさやぎも暗流も感じられはしない。

二月二日

水銀柱のように、今朝の私は上ったり下ったり。流感にでもかかったようで、頭痛と吐き気がした。けれども空は晴ればれとして、陽の光は強力だったので、朝食のあと三〇分ばかり横たわっているあいだに、活力がブランデーのように逆流してきた。心の海の中で、わかめのように想念のパターンを移ろわせながら横になっているうちに、この日記と、生まれ出ようとしている詩の中に書くことを思いついて、興奮し、ふるえ、ついには起き出して松材のたきぎを持ってくる元気が出てきた（七時には、とうていこれは不可能に見えた）。木の影のつくる長い水平の線の流れは、ふたたび私を台所の流しに立ち止まらせ、数分のあいだ、佇ませた。

この冬という季節の、白と黒、青で強烈に定義づけられた世界にいると、夏を思い浮かべること、

＊　Ted Hughes. イギリスの詩人（一九三〇‐）。『雨中の鷹』など。前出のシルヴィア・プラスと結婚していた。

遠くの丘が樹々の後ろにどんな具合に見えなくなってしまうのか、密林のような葉の繁みがついには一帯をおおってしまうことなど、まざまざと思い描くことがむずかしくなる。この白がすっかり、緑一色に変わってしまうなんて！　ある意味で、私は冬をもっとも愛する――庭作りをしないでもすむからということが一つ。それに、海辺で経験するようなきびしさと、絢爛たる輝きもある。これはその同じ理由で、時には人を疲れさせもするけれど。

ニューヨーク・タイムズにオーデンによるよい記事がのった。台所のカウンターでホットドッグを食べながら読んで、幸福を感じる。彼のテーマは、私たちが二つの貴重なもの、心の底から笑う能力と祈る能力を失いつつあるというもので、底ぬけの楽しみをもつことと、祈ることを訴え、さらに、意識的に死を嘲弄している。

私の考えでは、恩寵や特別な恵みへの願いがすべて表現されたあとでのみ届けられる唯一の祈りは「私を神の御前にあらせてくださいますように」ということだと思う。これはビートルズのジョージ・ハリソンが今流行のヒットソングで言っていることとほぼ近い。「ぼくはあなたを知りたい、あなたと共にいたい。」

シモーヌ・ヴェーユ*は「絶対の関心とは祈りである」といった。これについて何年か考えてきたが、考えるほどに真実が深まってゆく。私はこの文章をよく、学生に詩の話をするとき引用した。対象はほとんど何でもよいが、花にせよ石にせよ木の皮にせよ、草、雪あるいは雲にせよ、一つのものを絶対の関心で長いあいだ見つめていると、天啓に似たものが得られると。何ものかが〝授けられる〟のであり、その何ものかとは、常に自己の外にある現実なのだ。私たちは自己を意識することをやめたとき、はじめて神を意識することができるが、それは自己を否定する意味においてではなく、賞賛と喜悦による忘我という意味である。

奇妙なことだが、笑いも同じ効果をもつ。瞬間であれ、私たちは無執着を達成したときにはじめて笑えるからだ。

オーデンとはなんという神秘だろう！　彼は新しい種類の詩を創り出した。思うにそれはエリオットよりも独創的であり、私たちの詩の概念でいう〝詩的〟なものとは正反対なものに根ざし、誇張は皆無で、皮肉で、反ロマン的で、機知に富む。これらすべてはバイロンに源を探ることもできたが、オーデンには彼自身のヴィジョンがある。

恋人よ、頭《こうべ》をおいて眠れ
人間《ひと》よ　信うすきわが腕《かいな》に

私は、はじめてこの数行に接したとき、どんなに激怒したかを憶えている。けれど、私はまちがっていたのだ。オーデンはめったに正直であったためしがないし、しかも同性愛であることを自認するなら、正直であることは傍目に見るほどなまやさしくはないのである。彼はロマンチシズムに溺れる

＊ Simone Weil. 一九〇九－四三。フランスの哲学者、神秘論者。ユダヤ人として生まれるがカソリックに改宗。『抑圧と自由』『根をもつこと』などの著作あり。

ことはなかった（それはバローズにおけるように、あるいはいつわって魅惑的に見せかけることによって、破滅的にもなりうる）。私たちはすべて芸術作品を通して、人前での自己と私的な自己を一体化しようとする。現在ではそれが、以前には不可能だった意味合いでできるようになった。

二月四日

水仙に射す日光で目をさました。一束の水仙とチューリップをたんすの上においていたのだが、目を覚ますと太陽がたった一つの水仙だけを照らしていて、光束が、フリルつきのカップと、外側の花片にそそがれていた。

昨夜は泣きながら床についた。挫折と、苛立たしい要求の一日のあとでよくある、ヒステリックな涙である。それは、私に会いにこいとしつこくせがんでくる老婦人の要求だった。会いにゆくべきなのだがどうも彼女をほんとうは好きでなく、ぬけられなくなるのが心配なのである。彼女は前からとてもしつこく主張していて、私がどんなにつらい立場かは、もちろんまるきりご存知でない。二度目にことわったときはまるで罪人のような気がした。とうとう『愛のかたち』を誕生祝いに贈った。そこへ辿りつくまでに、私の朝の仕事の糸《リズム》は切れ、自分の中心に戻ることができなくなっていた。それからキーンへ急ぎ、食品の買物をし、私がふさいでいると言ったものだから誰かが注文しておいてくれた花を受け取る。よく知っている人ではない、だから当惑気味。というのも、他人《ひと》に喋りすぎるという私の悪いクセが出たから。とはいえ、ふさぎは、気鬱のうちにはほとんど入らない。人々が飢えているというのに、週末の食物と酒類に私が払った金額にぞっとする。

それでも詩は書いたのだから、まるきり無駄な一日ではなかった。自分に十分な要求をしないこと、過大な要求や期待をすることのあいだには適切なバランスがあると思い到る。私は自分の照準を高くしすぎて、気を落ちこませて一日を終わるというくり返しをしているのかもしれない。そのバランスを見つけるのは容易ではない。なぜなら、業績への野心がなかったら、皿を洗う気にさえなれないだろう。ただ品位ある人間として行動するだけのためにさえ、われわれは自分を、英雄のように考えなくてはならないのだ。

私の気持ちが暗いのは、別の理由にもよる。新しい詩集『一粒の辛子種』の出版を、私は完全に冷静に受けとめる覚悟でいた。これという書評も出ず、友人に贈ることができることだけで満足して。三週間待ってペーパーバックを送ったので、少数の友人は見てくれたわけなのだけれど、友達でさえ、詩に感応して何かをいうことは、容易でない。

ユングはいう、「人生における重大な問題はけっして解決されることがない。もし解決されたようにみえたとしたら、何かが失われていることの確実な兆しだ。問題の目的や意味というものは解決にあるのではなく、われわれがそれについて休みなく働くことにある。このことだけでもわれわれを無意味さや化石化から守ってくれる」と。だから、それが孤独な生活の悩みから守ってくれるのは疑いもない。

起き出す前、水仙を眺めてから、私は自問した。「人生にお前は何を期待するのか?」と。私はそれをみとめてはっとしたのだけれど、答は「まさに私の今享受しているもの、けれどそれをよいバランスで保ち——しかも今よりよほどうまく処理すること」だったのである。

しかし、破壊的なのはこうした涙の発作ではない。それは空気を清涼にする。ハーバート*がとても美しく表現したとおりだ。

可哀そうに詩人は嵐を虐待したが
実はこんな日々こそ最良なのだ
胸の内外のもやもやが
吹っとんでからっとするからだ

破壊的なのは忍耐のなさであり、性急さであり、あまりに早く、あまりに多くを期待し過ぎること。

二月五日

降ってる降ってる大吹雪。ここ何週間か、容赦なく照りつけられた後なのでまったくほっとする。なんたるやさしさ、なんたる包容。

ダイヤモンドの中心にいて、雪から反射する光を受け、陰もなく逃げ場もなしに暮らすのはまったくしんどかった。非情な青空も、厳しすぎる寒気も、奇妙なくらいに一色に塗りこめられて終わりを告げた。まったくあの照り返しには対応のしようがなかった。

昨日は一つ大仕事をした。小部屋の暖炉わきの、長年私が書類や箱を詰めこんでいた戸棚を整理したのだ。私は屑箱をみないっぱいにしてしまったので、プラスチックの袋を使わなくてはならなかったが、やっとこさ、やりおえた。葉巻きの箱の中にねずみが死んでいた。白い柔らかな布で裏張りさ

＊ George Herbert. 一五九三－一六三三、イギリスの形而上的詩人の一人。二〇世紀に、形而上的《メタフィジカル》な詩への興味の復活とともに注目を浴びた。

れ、毛や糸で作られた、まるで小鳥の巣のように綺麗な巣の中に、詰め物でもされたように、完全な形で坐っていた。彼女が巣を作り、子を産む用意をしてから、確かに毒にやられたのだと思うと哀れだった。ごく愛らしい顔をした、腹の白い野ネズミである。冬のあいだはジュディのところに猫が行ってしまうので、野ネズミは秋になると大挙してやってくるのだ。ひどい臭いがしたので、とうとう線香をたいたが、それは効果があった。今では戸棚の中がきちんとしていると知っているので、前を通ったとき安心していられる。

時に私は、ルイ・ラヴェル*の『病いと苦悩』をひもとくことがある。この驚嘆すべき本の第二章は〝引き離されあるいは結合されたすべての存在〟と呼ばれ、それは私の、孤独はコミュニオンにいたる道の一つであるという信念を育み、確認させてきた。彼はいう。

人間が事実人間としてのアイデンティティをもつ存在になるまでは、人と人とのあいだに真のコミュニオンがありえないことをわれわれは感じ取っている。なぜなら、自分を与えうるためには、その外側には何一つわれわれに属さず、われわれの与えうるもののまったくない、あの苦しい孤独の中にあって、われみずからを所有していなくてはならないからである……人は自分自身と心を通わせることができるとき、はじめて、他者と心を通わせることができるとさえいえるだろう。これはまったく真実をうがっているので、もっとも悲劇的な孤独とは、自分の想定する自己と現実の自己のあいだの障壁を除くことを妨げるものなのだ。なぜならそうしたとき、自分の意識は真実の自己にとってまったくの他人となり、苦痛のあまり、自分が何を欲しているか、自分に何が欠けているかを、もはやいえなくなる。孤独とは、自分のなかに行為不能の力の存在を感じることであるが、それは可能になり次第、自分をして、自己自身との関係、さらに自分とすべての人々との関係を何倍にも増幅することによって、みずからに自己実現という恩恵を与えてくれるのである。

それにもかかわらず、われわれが今そのなかに入りこみ、われわれに強烈な内的責任感を覚えさせると同時に、自足することの不可能であることを思い知らせるこの孤独が、孤独として経験されるのは、ただ、それが同時に、われわれが心の交わりへの要求をおぼえる、われら自身のような人たちの孤独への呼びかけであるからに過ぎない。なぜなら、個々の意識は、その運命の本質とは事物を知覚したり支配したりすることでなく、生きることだということ、精神的宇宙の唯一の法である光明や喜悦や愛のさえぎるもののない回路の中で、個々の意識の外側に他の意識を発見し、止まることなくそこから受け取り、止まることなくそれに対してみずからを与え続けることを意味するのだと、こうした心の交わりを通してのみ発見するだろうから。

＊　Louis Lavelle. 一八八三 - 一九五一。フランスの哲学者。ベルクソンの後任としてコレージュ・ド・フランス教授。

Photo by Mort Mace

二月八日

土曜日に、暖かい陽気と日光の美しい合間をぬって、エレノア・ブレアが一泊。一月六日以来、たった一、二時間の来客さえなかったので、なかなかの大事件だった。彼女を歓迎するために、お茶と暖炉の火の用意をするのは楽しかった。わが家がふたたび、毎日の努力でやっと維持されている解体寸前の機械としてでなく、客を迎えるための美しい避難所になった。エレノアは何一つ見逃さない。彼女は他の誰よりも〝仕事の友〟である。（『愛のかたち』を完成するまでの長い苦労のあいだ、彼女はタイプや編集を手伝い、またこの作品を信じることで、どんなに私を助けてくれたかわからない！）

日曜日の朝、私たちは散策に出かけた。それまでが寒すぎたので、これはクリスマス以来はじめて緑野を越えての、フランス農場まで四分の一マイルばかりの外歩きになった。春めいた空気を吸い、今年はじめてのシジューカラの春の歌を聞く嬉しさ！　カササギも（歌とはよべないが）いくらか音楽に似た春の叫びをあげる。道の半ばで、あのシェットランドシープ種の絶妙な小妖精ピクシー〔番羊犬〕

と、ビーグル犬の出迎えを受けたし、小屋の中からはかすかに子羊たちのメエメエ声もきこえてくる。でも私たちがそこに辿りついてみると、親羊も子羊も外に出ていて、子羊は空を跳び、親の方はキャビアかなんぞのように雪をむさぼっていた。私は一匹の黒い子羊を抱きあげ、柔らかい鼻先が私の頬に押しつけられる感触を楽しんだ。その毛の驚くべきやわらかさ！　そこでは猫と犬と羊、子羊に子猫のすてきな集会が開かれていて、監督のキャシーが間を縫って行きつ戻りつしているのだった。ちょうどそのとき、一四匹目の子羊が生まれようとしていたので、私は家畜小屋にとびこんだ。母親が、はじめて子羊をなめてやるときの、しゃがれて性急なあの驚くべき声を、もう一度耳にしたかったからだ。母羊は声を立てなかった。がキャシーの熟練した手が、子羊を母の乳に導いてやるのを見ると、いつでも感動させられる。この子は、たぶん今では一五歳くらいだろうが、たった五歳か六歳かでペットの子羊からはじめ、今では二〇匹か三〇匹の羊の群と一匹の雄羊のほんとうの羊飼いになり、一年に二〇匹あまりの子を生ませている。そしてこれは、ドットとウインが子供たちのために創り出してやった驚くべき世界〝太平王国〟のごく一部に過ぎない。私がここに住んだ歳月を通して、小さな男の子が動物に抱いている絶対の自信を見るのは、喜びだった。その雰囲気はまたこの農場の位置によっても強められている。村の中心がある盆地から離れ、丘の頂上にあるのだ。ここには広い空間があり、周囲の丘をめぐる壮大な眺めがあり、今日それは、不穏な空を背景に、紫っぽく、すべすべとビロードのように見えるのだ。移ろう雲が太陽を横切ると、太陽は月のように見えた。私は嵐の来る前にエレノアが家に帰れるだろうと喜んだ。

この荒々しい冬の世界に、次に何が起こるかを思うと不安でふるえた。それは狂暴な一夜であり、強い風が軒をならし、雨まじりの雪が窓を叩いていた。私は、目を覚ましたときにはどんなことになっているやらと心配したが、起きてみると、ウイン・フレンチが除雪車で登ってくるところで、三インチばかりの雪で勘弁してもらえたことがわかった。強風のために、雪は四散したのだ。今はミルドレッドが、掃除にきてくれている。

外出しなくてもよいありがたさ。考え、存在するための一日が、そっくりあるのだもの。

二月九日

ここに暮らすことは、いうならば、とてつもなく大きな、宇宙のムード・ブランコにのっているようなものだ。昨日はなんとか車を出し、用事を二、三急いで片付けたが、嵐がくるという予報のためである。そしてそのとおり嵐はやってきた。強い風と、雪と、むちうつような激しい雨と、今にも凍えそうな低温を伴って。目がさめると、銀色に氷化した樹々と、四月の空と、雲の裂け目から輝く日光があった。と思うとこの半時間ばかりは、にわかに、剣呑なまでに暗くなり、墨のような雲があたりにたちこめている。風も戻ってきた。

これは私の心象風景さながら——荒々しい、ムードのブランコだ。ここにいて電話がなかったら、ほんとうに不便に違いない。けれど一方では、誰かの声が、なんと破壊的であることか！　私は、孤絶が時として創り出す流砂の中に吸い込まれてゆくような気がする。溺れかかっているような、文字どおり呑みこまれてゆくような感覚である。

何事でも真の重大事に直面するとき、人は常に孤独である。私がかくも歴然と一人ぽっちであることと——肉体的に、ほとんどいつも、その他の意味でも——から、持ちうるかもしれない内的洞察、または利点は、人間としての普遍的な状態に入るための一方法であるかもしれない。人が絶対の孤立を処理する方法は、成長への道程でもあり、誰にとっても、大いなる精神《こころ》の旅路である。全的な独立というものは、いかなる価いであがなわれるのだろう？　それこそ問題なのだ！　私は自分と自分の愛する人——たとえばアン・ウッドソン、それからXはいうにおよばず——とのあいだに張られた実りある緊張を意識している。私は誰かにかかわることで成長するから。

私のようにたいてい一人ぽっちの人間にとっては、客間の窓際に私が育てている四鉢の水仙と私のあいだのような、明らかに受身の関係においてさえ、これは真実となる。花やプラントがうまく育っているかどうかが、奇妙なばかり重要になる。私が朝起き出したとき、パンチがどんな声を出すかが重要になる。私が鳥かごのふたをとり、パンチが自由になって外のさおに登って止まり、鏡に身を映して自画自賛するときの幸福な叫びは、私を喜びで笑わせる。彼が今日のように、沈黙しているときは、その静かさが心に重い。ちょうど、私にはけっして手なずけられないのだろうが、それでもミルクと食物をもらいに毎日午後になるとやってきて、丸い緑の目で私をじっと見つめる野良猫に感じるように。猫が現われなかったときは、心配で一度ならず私は泣いた。ばかげている。けれど、こうした親密な関係なしに、ひとはどうして生き続けることができるだろう？　あらゆる関係は挑戦を投げる。私に、何かであれとか、何をせよとか、反応せよと私に要求する。その反応を閉め出してしまったら、何が残るのだろう？　忍び……耐え……待つこと。

太陽が突然顔を出して晴れ晴れとした青空になった――私が数語を書き記しているうちにこんなことが起こったのだ！　驚いた！

ルイーズ・ボーガンのくれた二つのシューベルトの即興曲を、もう一度かけ始めた。作品九〇と一四二番で、ギーゼキング。

私はどこかで、われわれは、自分自身の神話を作らなくてはならないと言った。その意味は、もしそうすることができれば、天候や悲しみや仕事などが原因で起こる嘆きや怒りの発作は目的をもち、生きるとは何か、人間であるとは何か、かなり通常化した、日常的なもののふくむ危険とは何であるかについてさらにつっこんだ内察を生むことができるということだ。私たちは一日にいくども天国と地獄を往来する。少なくとも私はそうだ。仕事の規律は、エクセサイズ用の横木を供給してくれ、それによって荒々しい、不合理な魂の動きは形式を与えられ、創造的になる。それは文字どおり、人を転落の失意から守ってくれる。

それは、自分の課した独房で生きてゆくための一つの方法である。過ぐる何日か、私は自分につぎのようにいうことも役に立つことを知った。「もし私が一人でなければどうか考えてもごらん。毎朝一〇人の子供を学校へやり、彼らが帰ってくるまでに大洗濯をしなくちゃならないとしたら？　二人が風邪を引いて寝こみ、腹を立てたり、退屈してなすすべもないとしたら？」私を、神々の賜物のように――事実、そうなのだけれど――ありがたい孤独に戻らせるには、これで十分である。

コントラストは一つのかぎであり、毎日毎日の枠組みのなかで、多様性を故意に創り出す。今朝私は気が沈んでいたのだけれど、「朝の仕事をすませたらご褒美に戸棚の整理をさせてあげるわ」と自分に言いきかせて、快活になった。これはひっくり返ってはいるのだけれど書類戸棚に比べればまだましである。ただし、ある日大きなドブネズミが壁をはっているのを見たために、ネズミイラズをまきちらしてあるのだ。

一日一日、そしてそれを生きることは、そのなかでの規律や秩序がなんらかの遊びや、真にばかげた楽しみやらで和らげられた、意識的な創造でなくてはならない。神よパンチに祝福を与え給え。彼は私を大声で笑わせてくれる！

私に欠けている一番大きなことは、抱けるような動物のいないことだろう。二匹の古猫がおそろしく恋しい。

二月一三日

家中に春の花があふれている。ヴァレンタインである。春の花がこれ以上喜ばしい月は想像できない。昨日、樹々は氷におおわれ、今はまた痛いほどの寒さ。だから家の中にある水仙、アヤメ、チューリップのみずみずしさや生命にみちた姿は圧倒的。この凍てついた、匂いのない世界では、豊かな緑の葉とその香りだけでも、驚異に価いする。

私はユングの二つの文章について考えていた。第一は純化の危険について。「人は光明に輝く人物を想像することによってではなく、闇を意識することによって教化されるのである。」第二は次のとおり。

永遠なるイメージの生きた存在だけが、精神に、みずからの魂を守り通すことを道徳的に可能にさせる尊厳をあたえ、彼自身に、耐え続けることに価値があると確信させる。そのときはじめて、彼は葛藤が彼みずからの内にあること、不和や困苦は彼の資産であり、他者を攻撃することによって浪費してはならないこと、もし宿命が彼から罪悪感という借財を取り立てようとするなら、それは彼がみずからに負う借財であることを悟るのである。

二月二二日

ヴァージニア州のノーフォークで詩を読み、マーガレット・ブートンの家に泊まって二四時間をワシントンで過ごした週末の後、この白銀の世界に帰ってくると、奇異な感じがする。それにしても、マーガレットの厄介になれたのはすばらしい。ワシントンのナショナル・ギャラリーの館長をしている彼女の仕事中、私はたっぷりと絵をたのしむことができたのだ。

今回はフランドルの画家に戻ってかつての熱中を蘇らせ、その後では、たいへんな幸運のおかげで、ケネス・クラークのこの時代への考察「経験の光」にめぐりあった。

フランドルの絵画の近くには、フランスの洗練とクラルテの真髄を伝えるように見えるクルーエの小品があった。でも何といってもフランドルの画家たちは私の血のなかにある。それは不安をはらむ空と、素朴な家の内部、オランダの家の部屋を移ろう光の結合であり、フェルメールだけでなく（彼のことはいうに及ばず）ピーテル・デ・ホーホのなかにもあり、心をうつ。カルフの静物画――切ったレモンと、二つのワイングラスにさした光――は、私にこの上ない喜びの瞬間を与えてくれた。後にはまた、あるレンブラントの肖像画で、顔を描いた、まるでその苦悩する人間を明るみに出すような荒い大胆な筆使いと、レースの衿やスーツを描いた微妙さの対照に心を奪われた。これらの絵が、かくも力強く私に語りかけるのは、思うに私が詩や小説で果たそうとしていることを、これらがすべて表現しているからだろう。それらは、固苦しい図式をついぞ押しつけることなしに世界を創りあげ、もっとも月並みな日常の情景さえも、鋭い知覚によって、突然の啓示のようにわれわれに新しく見せる。画家たちは全身全霊をあげて現実を見つめているのであり、私たちが見るのは、けっして感傷的に扱われず、高められた生命なのである。

マーガレットが開いてくれた素敵な晩さん会――三人の知性豊かな男性との刺激にみちた会話（どんなに飢えていたことか）――もふくめて、これらすべての楽しみの底で私の頭のなかにあったのは、マリニア・F・ファーナムの『失われた性、現代女性』であった。この本は、意図どおり、読者をおおいに動揺させる。この本が描くまったく方角を失った神経症的な文明の図は、読者に地震に遭ったような効果を与える。でも、男と女のカテゴリーにかんするある叙述では、もっとも説得力に欠ける。また、暗喩のなかにある偏見は分析の必要がありそう。こと女にかんしては、いつでも非難がましいと思えるからである。(たぶん、もう一人の精神分析家が綿密に検査をすればよかったかもしれない！) 〝真正の〟天才は、異性嗜好《ヘテロセックス》の男性のなかにのみ現われ、バッハはその偉大な模範であるといった公言には、もちろん私は猛然と反対する。そこで著者は〝補償的な〟天才と〝真正の〟天才に差異をつける。天才にかんする公式は、私を説得したためしがなく、いつでも嫌悪感、いや怒りさえも起こさせる。人間が自己実現する方法は、どんな範疇《カテゴリー》が受け入れるよりよほど複雑で多様だから。ミケランジェロ、トルストイ、ディケンズ、モーツァルト、セザンヌ、その他数知れぬ神経病みか、未婚者かあるいは同性愛者を除外するような天才の定義が、本気で受け取られようとは、私には信じられない。引用例が、早い時期、思春期以前にさえそのしるしを顕わす音楽上または数学上の天才であるために、彼女のいう〝真正の〟天才が裏づけられていることは意味深い。文学と絵画の世界では、ことはまったくちがう。私は、すべて天才の偉大な仕事においては、その個性にある、男性的な要素も女性的な要素も発現すると断言したい。その両性具有的な性質が、性的な表現をとるかどうかは別だけれど。トーマス・マンは好例である。また、よほど低い次元での天才でいうなら、ヴィタ・サックヴィル・ウェストもいる。

しかし〝現代女性〟のなかには、まったく同感できる洞察も多くある。たとえば、看護の仕事の価値が下落したことを私はいつも嘆いてきたが、それは養育が、女のもつ特殊な天才を用いる女の仕事だからである。自己定義を求めての黒人の闘いのあいだに、彼らがこの職業を卑しい仕事(家庭労働と同じく)で、差別的と見なすようになったのは悲劇的なことだ。優美さや本能、病んで傷つきやすい者が必要とするものへの直感的な理解など、われわれが黒人から学ぶものは非常に大きい。黒人は自然の温かさをもっている。私はクロップストックが、肺葉切除の手術後、いつも黒人の看護婦の世話を頼んだと言っていたのを思いだす。

しかし今、うんざりさせられ始めたのは、セックスに重きをおきすぎ、しかもオルガスム自体を目的とするようなアメリカ人の態度である。人生を豊かにするものについてもっと考えたい。比喩的にいうなら、草花や動物を新しい目で見たい。自然とも、自分の内の自然人とも協調できる敏感な人間ならば、セックスで悩み苦しみはしないだろう。性《セックス》にはそのための潮がありオルガスムがあり、それがもし起こるなら、小手先の技巧なぞではなく、全宇宙との融和の波としてだろう。オルガスムそれ自体を強調することは、なべて人間的なものの価値低下のもう一つの例といえる。

考えることと、詩を書くことのほかは何もしたくないので、返事を書かなくてはならない手紙がすべて腹立たしい。おかしな時間ではある。荒々しいものが、私の心のなかで起こりつつあるのだ。私はしばられない時間に恋い焦がれる。内部の世界と、そこで起こっていることのほかに義務をもたない時間に。でもあまりに多くが未解決であり、そのほかにすべもないときには、沈黙もまたよいだろう。いずれにしてもすでに正午になった。今朝は九時から精出して手紙を書いてきたのだ。

昨日の午後帰ってきたとき、わが家はなんと悲しげで空っぽに思われたことだろう。可哀そうに、パンチさえ何日もの一人暮らしでくしょんとしていた。ミルドレッドは忠実に、彼を起こして餌をやり、寝させてくれてはいたのだけれど。二、三日ないがしろにしていると、魂が家から離れるのは確か。

三月一日

大いなる春空がまためぐってきた。雪がまだ九〇センチ以上も積もっているので、まばゆさは格別。空気にも、カササギやシジューカラの春の歌にも、活動を始めた楓の活力にも、そして私自身のなかにも、高揚がある。微風を浴びながらの海辺での長い散策もあったXとの素敵な週末の後、私は途方もなく幸福であり、まるで天国にいるよう。昨日帰宅したときはちょうど日が沈みかけていて、雪に黄金の光を浴びせ、白い壁を明るく照らしていた。無人の家に戻る苦痛を味わわなくてすんだのははじめてだった。家は私を歓迎してくれたのだ。そして一時間後には、心待ちにしていた野良猫がやってきたので食物をやった。私が感じてきていたことすべてが確実になった。疑いもなくこの内気で強烈な、飢えた動物が、私の代償自我になったのだ。私はわが身を、この永遠の慰安への渇望者、灯のともる窓をみつめるアウトサイダーになぞらえた。

時として私は、自分が壁のない家のように思われてくる。その気分は、モート・メイスが三月の夜撮った、灯りを全部つけたこの家の写真に捉えられている。その効果は外から見ると眩いばかりで、ちょうど私の生活が、多くの人々に実り豊かで、人間的なものを人々の心に伝え、充たされているがために他をも充たすかのように見えるのと似ている。けれど真実は、私の仕事のもつよい効果というものがあるとしたら、それはむしろ私自身の孤立感と、傷つきやすさから来ているのである。私の家は、家族が住まい、互いに係り合う家にはありえない意味で、開かれている。往々にして恐ろしいほど淋しい私の生活は、私の知らない、またけっして知ることもないだろう人たちと交り合う。人々が感じ取るものは、ジイドがよぶ〝自由になる境涯〟であり、それはわたしが孤立し、身寄りをもたないために存在しえているのだ。私はよく、イサク・ディネセンのモットーを思う。彼女がデニス・フィッツ＝ハットンの死後につくりだしたもので「私は返事をするつもり（Je répondrai）」というのだ。それは何年ものあいだ、私の工夫ともなり、行為の規範になってきた。けれどもその能力、返事をどうしてもしようという気持ちは、私が自分の解決不能の問題にとらわれているときには存在しない。そのときには、家を照らし出すものは、モートンの写真にあるように詩なのである。今は少し悲しい思いをしているが、それは詩がここにいないから。

三月三日

ここでの幸福の一つは、時間にせき立てられることなしに自然に目覚め、横たわり、考えごとができることだ。あの最初の目覚めから柔らかに意識が半ば流れはじめ、記憶がよみがえり、天気はどうかと触角をのばしてみる。私はたいてい六時半から七時半のあいだに起きる。そのことでは、日々さほど違いはないのだけれど、何かを強いてしなくてもよいという気持ちのゆとりのあることがありがたい。

今日は鉄灰色の世界。朝食後餌箱を満たし、屑箱を出したが、吹雪がくるとの予報なのだ。風は北西から吹いていて、家に入りがけに雪が顔にふれた。いまや雪は懸命に降りしきっている。まゆの中に閉じこもっての、快適な一日になりそう。今日こそは詩を書くつもり――心のなかには多くのはやる思いがあるのだが、何もまだ形になっていない。

夜のあいだギリシア神話中の、一人は山を愛し一人は海を愛する恋人たちの話を思い浮かべた。彼らはその二つのあいだで会うか、まったく会えないかを選ばなくてはならなかった。それについて考えているとき、ミレイの詩「谷間の霧」が思い出されたが、その結びはこうだ。

悲しみに涙は涸れた
追憶に心もちぎれ　われは恋う島と海鳴り
磯しぎの鳴く音《ね》にも似た　たまゆらの命を抱き
二年をああ二年を
過ごすのか　土たがやして

いくたび私も、この感情を味わったことだろう。炉棚には貝殻をおき、大部屋には北斎の「波」をおくなど、あちこちに海のイメージをちりばめて。

ミレイの詩で、どちらかというと荒削りに明らかに自然の息の長さに応じて、長い行と短い行とを交互に用いたところは彼女のなんという音楽的発明だろう……〝雪中の雄鹿〟にはぴったり。彼女の作品はえてしてハウズマンかシェイクスピアの弱々しいこだまのように聞こえることが多かったのだが。そして結局、惜しいことに——彼女自身のなかにも詩のなかにも——円熟した作品として受け入れられるような枠組みを創り出すことができなかった。

昨日私はユージニーから、老年についての美しい手紙を受け取った（彼女は七〇代である）。

ここでは、表面上は変わりばえのしない単調な、しかし深いところでは閃光《きらめき》と昂ぶりと絶望の交錯した生活が続いています。私たちは今、他の年齢の人たちには伝えることのできないような新しい認識ですばらしく豊かになった、人生の段階に到達しました——多くの優しさと、多くの絶望を私たちは同時に感じ、人生の謎は深まるばかりです。そしてそれに溺らせられ、押しつぶされたかと思うと、至高の光明の瞬間に恵まれて〝聖なるもの〟の存在を思い知らされるのです。

ユージニーが〝聖なる〟とよぶものに向かって開放されているあらゆるものに、できるだけ近く、われわれは生きなくてはならない。男が老齢になると、自己自身を完成させるために、家族やなりわいを捨ててさえして〝聖〟者あるいは放浪の人となるというヒンズー教の思想の真実に、私はますますうたれるようになった——それは、自然から、そして純粋な思索から魂を引き離してきたものすべてを忘れるための時間である。問題は、無関心におちいることをどう避けるかだ。家うちの雑用は、ある枠組みを与えてはくれる。だが私は、あれこれ手間ひまかけるのが、ますます面倒くさくなってきた。大きな黄色い床を塗りかえさせるなんて、考えてもうんざりする。でもこれは一〇年ももったのだし、想像したよりよほどましだった。それでも今はくたびれて、見すぼらしい。昨日私はペンキを買おうとしたけれどミックスしなくてはならず、それは時間、つまり、雑用の時間のかかることを意味している。そこへゆくと庭作りはまったく趣きが違う。広く〝聖なるもの〟——成長と生誕と死——に向かって開かれているからだ。花々の一つ一つがその短い生命のサイクルのうちにすべての神秘を包んでいる。庭のなかではわれわれはけっして死から、あの肥沃で、すこやかで創造的な死から、遠いところにいない。

雪がしげく、はやく降ってきた……

三月五日

まごうかたなき北東の強風《ノースイースター》だ。風がしゅるしゅると音を立ててしのびこみ、かと思うと突然家を叩きつけるのにつれて、わが家はきしみ、ため息をつき、ドアはばたんと音を立てる。私はいつも古い楓の一本が風にやられるのではないかと心配するのだけれど、どうやら今までのところは、あの最初の冬ひどく脅かされたような、危険信号の呻きはまだ聞えていない。

昨日はすごい日だった。四時間もぶっ続けに、詩にかかることができた。それでも十分の出来ではないが、朝のうちに戻るつもりである。

昨日の午後、あの野良猫がポーチのドアに立ち上がってないた。私はドアを開けてやり、その背後に立った。彼女はためらい、勇気をふるって入って来ようと試みたものの、やはり逃げ去ってしまった。でも私がミルクを家の中側におき、ドアを開いておいてやると、とうとう入って来たのだ！　私は彼女の、信頼したがっている、動じない眼差しを、六か月かそれ以上にわたって支えてきたわけだ。この恐ろしい嵐のなかで、彼女が安全だと知っていることは大きな祝福のように思われた。私は食物を三度か四度出してやったが、それはいつもなくなった。それでいて私に見えるのは、私が近づくと逃がれ去ってゆく彼女の影だけなのである。夜のあいだにへんなななき方をしたので、最初のうちは外にいる雄猫に相違ないと思ったが、今は彼女が発情期なのだと思う。今朝は彼女は地下室か家の下かどこかに姿を隠した。この野性の生きものが、姿こそ見えなくとも家の中のどこかで安全に生きているとわかっているのは、すばらしい。

外は乳のような世界である。雪がたえまなく、水平の波になって、窓を打っては去る。強い風に吹き寄せられた雪が積もってゆく。私は真実天国にいる。愛らしい〝二月〟の水仙が私の机のうす緑の壺に入っているし、炉棚のチューリップは微妙なあんず色で黄色い葉脈を見せ、暗い紫の花芯《ハート》を抱いている。すき間風が入ってきて冷いので、ここの暖炉に火をつける。ベートーヴェンの「田園」と「告別」をレコードプレーヤーにのせる。さあ仕事だ！

三月一六日

講義旅行で、一週間留守をしていただけなのに、ずいぶんいろんなことが詰まっていたので、何か月も家をあけていたような気がする。

家に帰ってくると、返事を書かなくてはならないたくさんの手紙が待っているので、内面の生活へ戻ることはそう容易ではない。私が帰ってきたのは霧に閉ざされた白銀の世界で、小屋から道路にかけては、一八〇センチも積もりに積もった雪を乳色の空気がおおっている。

花がないので、家へ入ってくると荒涼としている。でも野良猫はまだここにいる。ミルドレッドが餌をやってくれたのだ。ちらっと姿を見たと思ったら、もうかき消えてしまった。奇妙な、姿なき存在ではある。

私は誰かに私の冒険について話したかったのだけれど話相手がいない。おかげで眠っているあいだに、ごちゃごちゃした山のようなイメージがひとりでに整理され、分類されてエッセンスまで煮つめられた。私は自分が有用だと感じることができたし、多くの人が「お書きになったものをみな読みましたよ」といってくれたので、幸福な一週間だった。私の書くものを誰かが読んでくれるということはいつも私にとっては驚きである。だから今、私の仕事が少しずつ何らかのやり方で、人々に理解されていると知ることは、たとえようもなく嬉しい。

ミルウォーキーでのことだが、湖の上に昇る日の出を、マージョリー・ビトカーの寝室の窓から見ることができた。まず最初に、平らな、凍って緑がかった水の上から、水平線に黄金の光があふれ、それから輝くピンク色に染まってゆく——空そのものが大きな一輪の花のように、いっぱいに、平和に満ちて開いてゆくのだった。雪がその前に降ったので地上は白一色。そこへ最後に、赤い円盤が勢いよくのぼってきて、光が一面に満ちわたる。偉大な平安の瞬間である。それは一日を順調にすべり出させた。だから、本番の前のお喋り（詩の朗読の前一時間はカクテル、一時間のランチ）にもかかわらず、落ち着きを保つことができた。気分的に乗っていて、肉体的な努力は最小限になった。聴衆は、申し分なく注意を集中してくれた。

そのあとマージョリーは、フランク・ロイド・ライトのギリシア教会を見にドライブしてくれた。円屋根で、内部はギリシア風の十字架のような形である。それは平和でかろやかな健やかさといったものをもっていたが、その静けさと豊満さで、日の出に比べられた。しかしその日を中心に新聞とのインタビューやラジオのインタビュー、夕方七時ごろには半時間のテレビ・インタビューがあり、一日が終わるまでにはへとへとになった。

三月一八日

一日のうちにずいぶん多くのことが起こるので、日記でふり返ってみることも容易でない。中西部での一週間は、すでに遠い過去のように思える。でも、今私の記憶に鮮明なのは、平野の情景である。ものすごく大きな空の下の暗褐色の耕地の、大きな悲しみとうつろさといったもの、走りまわる小豚、小羊の躍動、それから最後の日に訪ねたエセル・セイボールドの太古さながらの農場……それはかつて家族のものだったが、荒廃寸前というところをからくも彼女が救い出したのだ。この農場には、えもいわれず健康な、大昔の魅力がある。エセルは妹と二人で、まるでお話でも作るように、この農場の世話をしているのだ。引退間際になって、この家は二人にとって喜びと冒険の泉になっている。村は釣り針とよばれている。今なお、フロンティア時代の感じを、これらすべてが保っている！　私は町ではなくここで、しかも学生たちといっしょにこの週を終えられたことが嬉しかった。イリノイ大学は裕福ではない。しかし私は学生のみずみずしさや熱気を深く感じた。楽しかった。

私の机のそばには、朱色のアマリリスが開いている。筋の浮かぶ透明な花弁が、目のくらむような青空を背景にして輝くのを見ると、それは喜悦と健康の叫び、冬に対する勝利の凱歌だ。何週間も考えていた手紙の返事を、昨日書いた。それは最近送られてきた実に多くの手紙の原型である。最終節で、その筆者はこう書いている。

完全に自発的な生活のもつ地獄と、自分が部分的にだけ参画していると感じる生活の地獄と、いったいどちらがいっそう悪いのか、私は判断に苦しみます。言いたいことと折り合いをつけるために苦慮している私自身と（この筆者は画家である）、いかにそれを表現するかに苦慮する私自身、また、それにまつわる不安や疑い。実に多くのことが、私を尻ごみさせるのです。私自身の惰性、結婚生活で第二の地位に甘んじようという一〇年前の私の決意、子供たち、私の生い立ち、個人としてだけでなくもっと広い意味で、私の育った社会環境で女たちの占めていた地位など。むずかしいことです。成長発展してゆくために必要な、ある程度の自己保全の手段も、またその他の必需のものさえも断念するべきなのでしょうか。いったい女は、結婚生活の枠内にとどまることができると、お考えになりますか？　私は心から、あなたの孤独と、しなくてはならないと思われるとおりに生きていらっしゃる勇気とを羨やみます。

「結婚生活の枠内にとどまることができるものでしょうか？」この問いを発するのは、無責任な女性ではなく、往々にして（この場合もそうだが）子供をもった、情愛の深い女たちであり、深い挫折感を抱いて迷い、常時〝真の生活〟をしていないと考える女性なのである。いったいこれは今までもずっと真実だったにもかかわらず、今になってようやくわれわれがそれを肯定しているのだろうか？

そしてその解決策とはいったい何なのだろう？ 疑いもなく、ウーマンリヴが主張してきたように、ふつうは当然女たちのものとされている、温かい、ものを養育する力が、同じ程度に男からも引き出されてよい時ではある。性別や、結婚への先入観によって役割が課されるのではなく、二人の人間の具体的な必要や、能力、才能によって、有機的に発展すべきである。〝結婚における第二の地位〟という句は、まるでヴィクトリア時代の表現だ。愛で結ばれた人間が、結婚生活を送りうるために、自分自身の基本的な部分を犠牲にしなくてはならないなどと、感じるべきではない。しかし事実は、男はほぼ一貫して、ホームメーカーとしてのほかは、女性の文明への貢献度を過小評価するか、本気で受け取らないできた。そして女の方でも、彼女ら自身の力を同等に低く見積もっていたことは確かだ。けれども、私のような一人暮らしが、子供を持ち、幸福に結婚した女性から〝羨ましがられる〟ということには、何かしらまちがったところがある。

私のやり方が最善の人間的な解決法でないことははっきりしているし、そう思ったことは一度もない。私の場合、この生活がなんらかの芸術作品を創ることを可能にしたかもしれないが、それは感情の成熟と幸福という面での高い代価とひきかえだった。私がもっているのは自分の周囲の時間と、自分の周囲の空間である。それを結婚生活でどんなにして達成するかが真の問題だ。なかなか解答しにくいことではある。

万事についてスピードが上がり、忙《せわ》しなくなったから、それは以前よりさらにむずかしい問題になってきた。だから私たちの速度をゆるめ、忍耐を強いるものすべて、自然の緩慢なサイクルのなかに私たちを連れ戻すものすべてが助けになる。だからこそ庭作りは恩寵の道具なのだ。

家を管理《ハウスキーピング》する仕事も、内外を装飾する仕事も、その基準が外観を装い競い合うことになってきたので、それはまた昔よりもむずかしくなった。ハウス・ビューティフル誌に載っている類いの、避難所でない家、非人間的で虚勢を張った、ほとんど家族の個性を見せないような家から逃げ出してゆく子供たちを、私は非難する気になれない。ファミリー・サークル誌のコラムを書いていたとき、私は見すぼらしく見える家を賞める文章を一回は書こうと思っていた。使い古された快適な椅子が一つもないような家には魂がない。私たちに求められているのは完璧ではなくて、人間的であることだという事実に、すべて煮つめられる。人間的な家に入ってゆくことは、なんという安らぎだろう！

つきつめてみると、私たちは万事を統制しようとし過ぎていることになるだろうか？　たとえば植物《プラント》は室内を人間的にさせるが、それは統制できないものだからだ。人間の必要とするものに真の避難と養育の場を与えるためには、家は見せびらかす必要はない、ただ住み込めばよい。そしてそれには、生活を強化させるための能率がさほど重要なわけではない。テーブルに坐わった猫とか、花の咲いた球根の鉢あるいは散らばった本でよい。

この日曜日に家へ入ってきたとき、この家は花なしでは死んでしまうことを私は知っていた。それは荒涼としていて、神に見放されたかのようだ。私は涙のうちに一日を終えた。今は一つの部屋に深紅のチューリップ、別の部屋には白とピンクのがある。私は息をつくことができるようになり、喜びを抱いて家に寛ぐことができた。

三月二〇日

春のはじめだというのに、この大吹雪！　昨日、雪が降り始めると、大群の野鳥が餌箱に群がってきた。はじめに黄金ヒワ、それから紫ヒワの明るいピンク色の頭がちらりと見えた。今は、赤い羽をもったブラックバードと、ホシムクドリも！　彼らが去った頃にはシメドリやカササギがやってくるだろう。二組の柔毛のキツツキや毛むくじゃらの一羽もスエット（脂肪）をお目当てに一日中出たり入ったりしている。これらすべてがなかったとしたら、白一色の戸外の世界は、なんと空しくみえることだろう。

このところ画家の訪問が二度あった。ヴォーゲル・ノッツの人たちと、アン・ウッドソンである。詩人と画家は互いに相手を充実させるよき仲間だと思う。表現の手段が違うから、もの書きのあいだでは常に問題になる競争の影さえ存在しない。互いに与える批評、互いの作品に対する見方は純粋で、喜びの大きい、自発的な反応である。私は画家を羨やむが、それは彼らが作品を据えつけ、作家にはたとえ一ページの散文あるいは詩でもできないやり方でそれを見ることができるからである。でも、絵を手ばなすとは、なんとむずかしいことだろう！　本ならば出版され、世の中に出ていっても、作家はそれを保ち続けて、何度でも友人にあげることができる。絵は永遠に去ってしまうのだから。

画家たちは人間の苦悩や混沌を言葉でなく形式と構成、色彩と光で表わそうと思いにふけることができるから、羨ましい。言葉のない表現を想像することにさえ安らぎがある。

四月六日

講義旅行でまた一週間留守にしたあと、やっと雪溶けのわが家に帰ってきた！　御影石の玄関の石段の脇に、何本かのユキノシタが顔を出し、二、三のクロッカスもえぞまつの枝のあいだに咲き出ている……きっとまた寒くなるに違いないので、採るのは早すぎるだろう。餌箱にやってくるのは、赤い翼のブラック・バードとホシムクドリだけ。ラクーン狸が裏庭に積んだ木の山に登ってきて、小鳥用の草の実ケーキを盗んでゆく。物置小屋のそばではウッドチャックを見かけた。こいつは柔らかなタチアオイの新芽を、すでに味わったのだろうか？　昨年は全部食べられてしまったのだけれど。暖かい、日光や風雨にさらされた木の山を背にようやくトマトを植えたのも去年のことだ。トマトはよく育ったが、タチアオイがなくなったのは淋しい。

小川はやっと溶けた。性急な水の流れは、岩の上で泡立ちあふれ、生きるもののように、石にあたってくだけ、小さな滝となってほとばしる。これこそ〝春〟のきざし。けれど、明日は冷たい北東風と大雪、との予報を聞いた。スノウ・タイヤを外さなくてよかった。

The New York Times

四月七日

予報されたとおりのものすごい北東の強風が、うなりをあげてやってきた。今朝はパンチさえおとなしく、鳥かごの中でちぢこまっている。でも私は喜々としている――うまく使えば、丸一日がそっくりあるのだもの。ここ何日かの、ふつうの日常に戻るための片づけ仕事の雑音や、まだ消化されていない経験の繁みといったものから抜け出られそう。一週間家を空けた後で、ひとり暮らしに戻ってくることに圧倒されないですむということは、なかなかむずかしい。自分が、潮の流れが変わったときの河のように思え、しばらくのあいだは、逆流したり、あらゆる方角にひっぱられたりする。

たとえば、ルイーズ・ボーガンから私への手紙を、彼女の私信のいくつかを発表したがっている代理人に送ってくれという依頼状で、私は気持ちを乱された。私がしなくてはならないのは、あの大きなフォルダーを開き、何年も前に私にとって深い意味をもっていた、彼女との関係を掘り下げることにほかならないのだから。

ワシントンから一晩中ドライブしたあと、一六八番街東一三七番地の彼女のアパートに入っていったときのことを、私はけっして忘れないだろう。感性の研ぎすまされ、辛辣で明晰な精神の持主である教養深いこの人の、光溢れる部屋に入ったとき、私は鋭い郷愁《ノスタルジア》の疼きを感じた。衝撃は大きかった。ブリュッセルのある学校の階上にあるジャン・ドミニクの部屋に入っていったとき以来、これほど自分の内面にそぐう住居にふれたことはなかったのだ。そのどちらの場合も、特別のやり方で、家は女性、それも一人で住む女性のいわば声音とかくれた音楽、その経験の土壌《ローム》の感じ、環境に表現された好みといったものを反映していたからである。その部屋はあるじの過去の海と潮と波を響かせる貝であり、ある色彩や、芸術作品、ことに多くの書物に表現された一人の人間の生のエッセンスであった。

ノスタルジアは、フランス人が〃アミティエ・アムルーズ〃（情をふくんだ友誼）とよぶ感情によって、その世界に引き入れられたいというあこがれからくる。それはしょっぱなから、情事としてはけっして〃実現されない〃だろうと認められた上での牽引力であり、しかも口に出されようと出されまいと、双方の感情に強いこだまがある——悲しみあるいは放棄とさえいえる空気のなかにある芳しい香り。あるいは柿のほろにがさといったらよいのか。この雰囲気をルイーズは〃生命感を強める《ライフエンハンシング》〃と表現した。

こうした関係の実体は魂に近いところでの近似性であり、それは友情を、情熱をふくまないがやさしく、啓示にみちたものにするだろう。

それらの部屋には私よりも年上の女たちが住んでいたが、私は彼女らに愛だけでなく尊敬をも感じていた。私はときどき、結婚が花を咲かせた夫婦や、サンフランシスコのビルとポールのアパートのように、二人の友達が心を共にして暮らしている住居に感じるようなくつろぎを、その部屋に感じたのだった。

けれども、こうした生活が生のエッセンスから遠ざかるのは避けられない。一人で暮らす、つまり、ドアを開き、未知の人を入れる空間をもち、新しい友を招き入れ、いつくしむ、といった独居の価値については、十分語られていないと思うのだ。ルイーズやジャン・ドゥや私のような人間にとって、そうした空間をもっているということは、ごくデリケートに扱われるべき問題だった。さもなければ、圧倒され、台無しにされるからだ。完全に心を開いて受け入れたいという願望に執着しないという態度も身につけられなくてはならない。それはすべて、魂が真に均衡を保っているときの安定感に帰着する。私が始終犯す人間的な誤まりは、何事かを〝すませてしまう〟とか、回答を得るとか片づけるために、急ぎすぎることだった……こうして強制された回答は、行き過ぎたり、与え過ぎたり、十分選択をしないでそれを行なうことになりがちだったのである。

私が自分の人生に人を招じ入れるのは、もっとも深いレベルで彼らが私に、そして私も彼らに挑戦するからだ。こうした関係が晴朗で一点の曇りもないということは稀れだが、それは人を養い、育てる。こう書きながら鮮やかに思い浮かぶのはコット（S・S・コテリアンスキー）のこと。彼なら私の言い分に完全に同意してくれたと思う。古い日記を開いてみると、彼の死後写しとった手紙の一部をみつけた。これらの手紙は、彼が私にとってどんな友人だったかをふたたび明らかにしてくれた。

ぼくは君にとても好意をもっているから、君が一点のしみもなく、あらゆる美徳をもっていて欲しいと思う。ところが君は、百万もの美徳をもっているくせに、それを実践する方は延期している。だからこそ、お説教の一つもぶちたくなるというもんだ。

ただ君は、愛すべき人だというだけじゃなく、ものすごい智恵者でもあるのだから、ぼくのいうことを本気で聴いてほしい。ただ、微笑むくらいのことは許してあげるがね。（ほら、なんてぼくは筋の通らない人間なんだろう。君の微笑を得たさに、お説教をまるで台無しにしてるじゃないか）……要するに、君が自分で鋼鉄とよび、ぼくが君の知恵とよぶものを、いつでも意識していてほしいんだ。どんなに気狂いじみて、理屈に合わないことを君がしでかしても、君を安全に、そっくり守ってくれる最高の知恵を君がもってるということを、けっして忘れないでほしいんだ。

ぼくはこれからも君を叱るだろうし、それもうんと厳しくやるだろう。たまにはスパンクだってさせてもらうよ。ただね、これもみな、君に対する善意と、やさしさいっぱいの愛情のさせることなのだよ。

四月一二日

雪がまだ地上に残っているなんて、まったくばかげている。ぬかるみのシーズンがどんなに不快だかいつも忘れてしまう。毎夜小鳥のための草の実ケーキを忘れずに家の中にしまっておかないと、ラクーン狸が這い上って盗んでゆく。私は雪と泥のなかを、バスケット探しに大わらわという破目になる。いつもの餌箱に今来ているのはホシムクドリとハゴロモガラス、香雨鳥だけ。ばかな話！　それに、亡霊のように現われるものすごく大きな、たぶん妊娠しているウッドチャックも、救いにはならない。でも今日は空気にようやく春の感触がある。正午までには二〇度に上るだろう。いちばん暖かい場所である家の前庭には、一列《なら》びのクロッカスが雪に耐えて生きのび、太陽を浴びて大きく開いているーーたくさんの白い花に、紫に藤色の筋入り、それに黄色がある。でもしばらく前の雪嵐のあと、グレーダー（地ならし機）を雪かきに使ったとき、大きな雪の塊が一〇年前に私の植えたラゴーサ・ローズの上に積みあげられた。このバラはこれでお終いかもしれない。去年は、数こそ減ったけ

Photo by Mort Mace

れど、ちゃんと甦ってくれたのだが。

ある批評家が、私と話すためにやって来ることになっているので、わくわくする。こんなことが初めてだと思うと、笑わされる。私は長いあいだ、教授たちが注目してくれるのを待っていたのだ。だからあらゆる意味で、時はサスペンスと、何かが動き出す気配にみちている。急激な変化が起こりそう。ドアは開かれている。私の守護天使が現われたのだ。私のネルソン住まいも長くはないのでは？と安堵をおぼえる。長いあいだの、孤独な引力だったけれど、そろそろ新しい出発のとき。ここを離れるとしたら、一年かそこらのうちに、海辺へ行くだろう……ミレイの詩句が、ふしぎなように、このところ私の心につきまとっている。

四月一三日

雪が溶けたので、前面の芝生をもぐらの掘ったトンネルが交叉し、跡をとどめているのが見えるようになった。まったくいただけない。でも昨日はほんとうにはじめての春の日で、空気はえもいわれず芳しく、気分を浮きたたせた！　私は外に出て、古ぼうきで小石を芝生から除けさえした。（雪かきのとき、ドライブウェイから小石が花壇や草の上に抛り投げられていたのだ。）けれども、けだるい春の気分といっしょに、戸外ですませなくてはならない仕事を前にしての疲労感と、Xにほとんど会えずに春が過ぎるだろうと思うことで、悲しみがやってきた。この家で私がしたことといえば、訪うことのない、あるいは訪うことのできない人を待つことのほかにほとんど何もなかったのではないかと、ときどき思えてくる。

コロンビア大学から来たキャロル・ハイルブランが、私の最良の仕事——そして私の仕事のなかではまったく新しいものと彼女が考える——は孤独について語ることだと言ってくれたことも、私を楽しませてはくれなかった。昨夜私は、まるで牢獄の扉が閉ざされるように、ひどく泣いた。これが一時的な気分であることは、いうまでもないが。ここでの孤独は私の生命そのものだ。私はそれを選んだのであり、絶望のなかから、できるだけ豊かな富を生み出すことだ。

昨日のニューヨーク・タイムズにヴァレリーの次の言葉が『歴史と政治』から翻訳されている。

われわれの眼前で、新しい社会が形成されつつある。それは中世のキリスト教世界よりも神学的でなく、われわれの祖先の〝人間性《ヒューマニティ》〟ほど感傷的でもなければ抽象的でもない、より広いキリスト教世界、シヴィタス・ムンディである。それは彼岸ではなく、現在、この世界に基盤をもつ。それは情緒や意見ではなく、事実と必要に根ざしている。その版図は地球のほかにない。それを構成するのは人類であり民族であり国家である。その創造的な道徳力とは文化であり、その創造的な自然力とは場所であり気候である。その導き手は理性であり、その信仰は秩序への本能である――すなわち、神は狂気ではないという、比較的穏やかな教義《ドグマ》に等しい。

春の空気に誘われ、私はキャロルを〝充足した動物たちの農場〟に連れてゆくことにきめた。泥にはまって動けなくなるのが心配だったし、冬に行けることはめったになかったので、もうずいぶん長いこと行っていない。でも農場ゆきはいつも私には一種の帰郷だった。なぜならこの偉大な氏族の女族長であるグレイス・ワーナーは私のネルソンでの最良の友の一人であり、私が夏に借りていたろばのエスメラルダがその農場にいるので、抱いてやり、柔らかな長い耳とビロードのような鼻をそっと愛撫してやり、角砂糖を一つずつ与えてポリポリとかじらせてもやりたいのだ。

冬を過ごした後で、農場はいつもよりうらぶれ、今までになく土の中に沈み込んでいるように見えた。それは丘の頂きの上に立ち、子供たちの家々はその下方の池の近くに散在していて、背後には牛小屋がそびえている。その脇にはみごとな楡の木があったものだが、昨年、切られてしまった。見上げたとき、何が欠けているのだろう、その空ろな空間を何が埋めるべきだったのかと、人はいぶかるのである。

いつものように四、五台の車がその辺りに駐められているので、その背後で車を止めた。犬がしきりにほえるが、猫はワゴンの下で昼寝をしている。身じまいをしながら少時そこに立っていると、パーリー・コール亡き後私の庭を手伝ってくれているグレイスの孫娘グレイシーが走り出て来て、それに続いていつもより背をかがめ、やや弱々しげに見えるグレイス自身が出て来て挨拶をしたので、キャロルに紹介する。

何年かのあいだに、私はたくさんの友人をここに連れてきたが、まるで丘に埋もれた秘密の劇場へ連れてくる観があった。もはやどこを探しても、こんな農場にはなかなかめぐりあえないからだ。グレイシーは一七歳くらいに見えるが、実は二〇代にちがいない。やせて小柄な体つきで長い髪は無造作に肩にかかり、眼は祖母ゆずりの青色だ。この家族はみな動物と子供が大好きなのだが、農場の雑用のあいだになんとか時間を見つけて、数えきれないペットを世話して育てるのは、グレイシーの仕事なのである。私たちを小さな小屋から外の建物へと次々に案内し、愛らしい動物の入った魔法の小箱《マジック・ボックス》のような小屋を開けては見せてくれたのも、グレイシーだった。

まず最初に、私たちは牛小屋に行った。グレイス・ワーナーの長男バッドの領分だ。彼は妹のヘレンと農場をやっていて、秋ごとに私の原っぱの草を刈りに、立派な馬をつれてきてくれる。牛たちは外に出ていたが、私たちは甘いアンモニアの臭いを嗅ぎ、柱につながれている白黒まだらの、ぺったりした鼻先をした三頭の仔牛の額をそっとかいてやった。この農場の動物はまったく怖れるということを知らない。やさしい愛情のこもった手で世話されることに馴れているからだ。

それからもっとマジック・ボックスを見て回った。その最初は小さな小屋で、二人の人間が同時に入る余地はないので、キャロルが一人で入ってゆかなくてはならなかった……右側にはとても年をとった羊と二匹の野性的な目をした山羊が干し草を食べていた……それから何列ものモルモットの檻に戻ってくる。次に寄ったのは小さな馬小屋で、私たちは二頭の小馬のむっちりしたお尻のあいだをすりぬけて愛すべきエスメラルダに対面した。砂糖を忘れてきたのだが、幸い車の中に大きな固いペパミントがあった。これらは早速、大喜びで賞味された。

エスメラルダはそのみごとな頭を私に向けたが、またしても私は、そのグレタ・ガルボ流の目と、ごく長いまつ毛に心を動かされ、旧友がかくも美しく見えることを喜んだ。グレイシーはエスメラルダの神経痛が以前よりよくなったこと、放してもらったときはかかとを蹴り上げることを話してくれた。エスメラルダはネルソンにおける私の個人的神話の一部である。私は沈み込んでいた時期からぬけ出すための冒険に、彼女を借りたのだった。エスメラルダはひどくびっこを引いていてほとんど歩けなかったので、私は私の手で治してやれるかどうかやってみたいと思った。そしてどの点から見ても、それは大成功に終わった。コーチゾンの注射と、ひずめを切ってくれる人の助けで（ろばのひずめは指の爪のように伸びるので、定期的に切らなくてはならない。ろばには蹄鉄がはめられていない）、私たちは彼女を歩かせることができただけではなく、牧場から小屋へ連れて戻ろうとする午後四時には、彼女がふざけて逃げ回るのが、まるで儀式のようになってしまった。夏の終りまでには、エスメラルダも私も、ふたたび愉快な動物に戻っていた。

グレイシーとキャロルが銀色のホロホロチョウと白アヒルを見にいっているあいだに、グレイスと私は、冬のあいだのニュースを話し合った。（ミンクが侵入して彼女のアヒルの半数を殺したとグレイシーは話した。）私たちは兎の冬小屋で大きな白兎を腕に抱えていたキャロルに追いついた。長耳の動物――兎だとかロバだとか――が特別の魅力を持つというのは真実ではないだろうか？　いずれにしても、黒い鼻先をしたり、耳たぶの黒かったりするグレイシーの大きな兎たちは、まったく真黒な一匹もふくめて美しい動物たちである。私たちはチャボや、実に立派な小さな雄鶏やじゃこう鴨を通りすぎ、牧場をうんと下った所でやっと、特別の囲いの中にいる豚のところまで来た。それから私たちは丘を登って馬小屋に来たが、ここはうす暗く、干し草が積まれていて、はじめは二頭の大きな労働馬の高い臀部をほとんど見分けられない。この馬たちはバッドの自慢の種だった。グレイシーはその小屋に今は二頭の小馬をもっている。しかし、私たちに息を呑ませたのは、実に美しい成馬の方である。彼らはとても大きく、暗がりの中からぬうっと立ち現われた。人間が自分の用に使うために馬を手なずけたという事実に驚嘆せずに、彼らを見ることは私にはできない。彼らはまるで神々のようにみえる。

キャロルとの友情が、農場で強められたと私は感じた。言葉でなく、何かを共に分かち、共に楽しんだから。帰り道、キャロルにワーナー家の人々について、彼らがどんなに働き者で、私たちがどんなに彼らに依存しているかなどを話す。グレイシーの母親はスクールバスを運転し、農場の永久居住者である三人の老婦人の世話をし、彼女のエネルギーでその一人一人の体をもちあげ、いたわり、おまけに冬の日に車が動かなくなったりすると助けに駆けつけてくれ、「いつでもお困りのときは、夜でも昼でも呼んでくださいよ」というのだ。また私はグレイシーほどよく働き、しかも手早い人を見たことがない。私の庭で彼女が一日のうちにしとげることを私がすれば一週間はかかるだろう。おまけにグレイシーはそれを猛々しいほどの集中した喜びとともにやってのける。彼女は私の留守中にわが家で暮らした私の友人たちと文通をしているので、丘の上の農場から、オランダやサンフランシスコへ、ウェルズリーやライムフィールドへと、外の世界に向かって自分の生活の境界を押し広げているのである。

四月一四日

生活がいささか慌ただしすぎるので、落ち着かず、いら立っている。平静を得るためにバジル・ド・セリンコートの一九五四年一二月一九日付の手紙を写すことにする。それは詩人である女性について書かれたものだ。キャロルがこのあいだ言ったことについて考えているとき、この手紙を読み返す気になったのだ。

あなたは僕に、女性の詩についての個人的な見解を（そんなものがあるとしたらの話ですが！）訊ねていられます。数年のあいだ、僕は女流詩人の詞華集を作りたいと考えてきました。数名の詩人がすでに果たしてはいますが。僕の直感では、何かが求められているとすればそれは創造の上で女性にこそ主要な役割があるということ、男性およびその精神は、いわば放射された火花のような派生物であり、女性こそ中心にあって〝静かに知覚している〟ということを、彼女らが平静に理解することだと思うのです。精神がその上で分析的また分離的に働いてきたという限りでは男性的な努力の結果である派生的な材料を、詩やその他の芸術が使うことを許容しなくてはならないのは確かです。けれどもすべての、独創的で継続的な創造のプロセスは内部から外へ向かうのであり、その場所と力を所有しているのは女性の特権です——自信と忍耐さえあれば、それを効果的に使うことは、たとえ言語やその他の、男によって作られた人工的な表現様式を扱うときでさえ、失敗しようのない事実なのです。もしも女性の詩が、奇矯《エクセントリシティ》さとか偏りを見せたとしたら、それは解放されるべき緊張感とか不利な条件《ハンディキャップ》のせいにちがいありません。女こそ霊的な中心であることを自覚した女性には、これらはすべて消えてしまいます。それを理解することから生まれる思想や言葉、またその理解から自然に出てくるヴィジョンは、直接心に訴える質の高さをもつはずです。

キャロルは、私が小説のなかで、フロイトの見解に適うような女性を意図したと言い、また私の世代の例にもれず、私が無意識のうちに女性を要求された気風にはまるようにしているという。『歳月にかける橋《ブリッジ・オブ・イヤーズ》』のなかのメラニーの場合でさえ、その問題についてはごくわずかしか語られず、彼女は夫に〝譲歩〟する、そして夫の哲学的思索は、小説のなかに見られるメラニーの仕事よりもより〝現実性がある〟とキャロルは感じた。これは私を驚かせる！　いったいキャロルが求めているのは、三人の子供を育てあげ、活力ある幸福な結婚生活を維持し、プロフェッサーとしてはその上卓越した仕事をするような女（彼女自身のような）の肖像なのだろうか？　それでいてキャロルは、彼女の結婚した友達で子持ちの女性が三人まで、生きることにゆきづまり、自分が役に立っている、あるいは必要とされていると感じられないばかりに自殺したと話すのだ。これは驚くべき数字ではないだろうか。

後刻会話のなかで、私は彼女がいったいどうやって、あのたいへんな生活を処理してきたのか訊ねた。明らかに学生たちは彼女によく、こうした生活の代価は何かと質問する。キャロルはいつでも「ありとあらゆるものがその代価よ」と答える。けれども、われわれの衰退したアメリカ文明においては、何か一つについてさえ代価を喜んで支払う人が少ないのではないだろうか――庭にしても、子供にしても、よい結婚生活にしても、芸術作品にしても。そして彼らは、やっと支払った少額の代価に対してさえ憤るのだ。キャロルはめったに見られないほどバランスがとれ、平静で、識別力があり、ユーモラスで、しかも鈍感であったためしがない。彼女は、偉大な例外だと思う!

キャロルが去った後はいささか苛々させられた。その理由の一つは、フェローシップ（大学の特別研究員の地位）を得ようとしている四十代のある女性のために、私が読むことを約束していた五〇枚の原稿が待っていたからである。彼女はほかに、絵もやれば、詩も、短篇小説も書く。けれどもこの人には、秀でた作品を創ることとの価値が、まるっきりわかっていないように見える。私はこれを謙虚な気持ちでいう。私の作品のなかの凡庸な表現はもっと吟味されるべきだというキャロルの指摘に、私はいまだに恥じ入っているのだから。エレノア・ブレアの感受性に富んだ編集者としての眼が、最近の私の作品をよくしてくれたのは確かである。キャロルは『夢見つつ深く植えよ』のなかではこうした失敗がないと認めてくれた。

私は原稿を読み、感想を電話で話した。少なくともそれで手紙を書かなくてもすんだ。でも、ほんとうに必要だったのは、誰か他の人の経験をまたもや〝取り入れ〞てそれにこたえることではなく、キャロルとの豊かな、実り多き日の対話について考えることだった。私の生活のなかでの、この解決できない問題が、この日記の中心主題になりそうだと心配。もう十分！

キャロルはバジルの意見には猛烈に反応するだろう。とりわけ〝静かに知覚する〟という女性の役割にかんしては。私がキャロルに同意し、彼女の洞察で新しい目を得て近ごろ心に留めたことは、すべての芸術家は両性具有的であり、女性にあっては男性的な部分、男性にあってはその女性的な部分が創造の源であるということだ。いつも私はそう考えていた。ただ、彼の示してくれたイメージは新しい。それは、すべての人間の生命を一つの波長におき、ごく男性的な人間をその一端に、ごく女性的な人間をもう一端におき、中央に向かって段階をつけてゆくという示唆である。女性的な資質の濃厚すぎるウルトラ女性的な人も、ウルトラ男性的な人も、その波長の枠外であり、最高の創造性と力、さらに最大の理解力をもった人がその波長の中央近くにくるという考えにも、私は同意する。その位置が何パーセント云々などということに心を煩わされることなく、各人が自分自身の中心（それが波長のどこに位置しようとも）からどう動いてゆくかという意識をもつことができたら、私たちがよほど自由で、よほど幸福であるのは言うをまたないだろう。

四月二一日

生活は塊ってやってくる。一人ぽっちの日々が塊りで続いたと思ったら、息つく暇もないせわしなさの塊り。芝生をよい状態にするために、グレイス・ワーナーが水浸しの草から砂利をかき出している。彼女がここに来てくれるのはまったくありがたい。いつでも気分のよい人で、私の知る限り、いちばん有能な働き手である。彼女が庭にいるのを見ていると、ようやく春が空気に、いやむしろ〝土の上に〟感じられるようになったのだから、もっと働かなくては、という思いにさせられる。春の気配はすでにしばらくのあいだ、空気のなかにあった。花壇の雪はほぼ溶けたし、私はえぞ松の枝を少しずつ取りのけてもいる。家の前では一本の水仙さえ花開いたというのに、週末を過ごしに南に向かって家を出たときには暴風雪《ブリザード》の最中で、頭にきた！　それに今朝はといえば、たった四度なのだ。

目下は生活がせきを切って溢れ、慌ただしいことこの上もないが、その下流にあって私に考えさせるのは、今までなんとか繕ってきた過失のほころびである。それはキャロルがもち出してきた、私の生活のなかで情熱的な関係は過去のものにすべきでないのではないかという、大きな質問のせいなのだ。私は『一粒の辛子種』のなかから愛の詩を全部ひかえたのだが、おかげでこの本はまるで頭がちょん切られたようになった。以前はいつも、あらゆる面を包含する、その人全体についての詩――矛盾も、愛も、怒りも、政治的な不安も――を望んでいた。（政治的な詩では、私はいつも遅れをとっていた。昔はコンラッド・エイケンに、*もっと後ではルイーズ・ボーガンに。修辞的な詩――政治的な詩はそうならざるをえないが――は流行おくれだ。）しかし『夢見つつ深く植えよ』以来まるで私が、〝何事にも超然とした〟年とった智恵者であるような、まちがったイメージが築かれているような気がする。キャロルは私がその神話的な人物ではなく、彼女が想像したよりはるかに傷つきやすく、人間関係に巻きこまれた未完成の人間であることを知ってある程度失望したと、私は信じる。彼女は手紙のなかで「愛人たちの離婚」の最終部のソネットから逆引用してきたが、その言わんとするところは、私が個人的な生活を断念しなかったことは退歩だということだ。私に言わせればこれはばかげている。そして私自身がどんな人間でありたいかということより、彼女自身の求める人がなにかを示している。彼女はこう結んでいる。「人間というものはなかなか中庸をとれないものです。しかし、ブレイクやその他の例がそれだと思うのですが、中心を知るために極端が必要だとしたら、たぶん中庸こそ、生き、ら、れ

* Conrad Aiken. 一八八九‐一九七三。アメリカの著作家、詩人。ピュリッツァー賞受賞作品の自選詩集のほか『魅惑されたばら』など。エミリー・ディキンソンの詞華集を編纂して彼女の文学的な地位を確立した。

た生活の最終的な報酬であると思いますし、その生活において私たちは恐怖ではなく、智恵を通して、その中心を選ぶのです。」

私は人生の導師になることが詩人の仕事だとは思わない。詩を書くことがその仕事であり、そのために詩人は身をさらし、傷つくのを覚悟していなくてはならない。私たちはあらゆる種類の関係を通して成長してはゆくが、人間全体を巻き込む関係においてもっとも成長する。そして〝ドアを閉ざす〟という決定を勝手に下すことは、尊大でも、不自然でもあるだろう。

問題はバランスをいかに保つかであり、くず折れて散りぢりになることではない。晩年のルイーズ・ボーガンはバランスを保つために詩を書くことをほとんどやめてしまった。私には確実だと思えるのだが、それは部分的には、批評家として要求される無私（ことに、他人の作品を分析するときの没入）は、詩人が自分の作品との関係において要求される種類の無私とはまったく反対のものであるためだ。

私たちは経験の衝撃が吸収された後はじめて執着を離れ、もっとも深い意味で〝存在する〟ことを許される。また詩を書くことによって経験を吟味することで、執着を捨てられるようになる。けれどもこれは、気持ちがひどく高ぶっているときの重大な知覚であり、キャロルの言う〝中庸〟とは関係のないことだ。

私が『夢見つつ深く植えよ』の読者の心に創り出した神話的な人物の仮面をつけるなら、私は神話を永続させはするだろうが、成長することはなく、新しい皮膚を得るために古い殻を捨てるということはないだろう。私が生活を大きく変化させることを考えていた過去一〇日間、これらは私の心を領していた多くのことだった。私が〝丘の上の住人〟で、この孤独な暮らしを一生続けると思っている人たちを驚かせ、恐慌さえ起こさせるかもしれないほどの変化である。

何日か前に二人の友人が訪ねてきたが、その一人は画家のビヴァリー・ハラムだ。彼らがメイン州に買った地所――広がりのある野生林、岩の多い海岸線、コンウォール（ああなんという夢！）のように海まで続く牧場――それは人口の多いあのメインの海岸線にしては驚くべき〝見つけもの〟なのだそうだが、そこに家があくだろうという。彼らは岩の上にモダンな家を建て〝古い家〟を私に貸してくれるという。私は昨日それを見、そこに住みつく自分を想像してみるのだが、もうひとつしっくりしないものを感じる。それはネルソンよりよほど堂々とはしているけれど、ネルソンのもつ個性がない……一九二〇年代の建築だろうと推量するが、しっかりとしていて快適で、黄金色の牧場からいきなり海へと続くみごとな眺望がある。私は仕事のできそうなねぐらを見つけようとその辺りを歩きまわったが、私の気にしているのはまさにそのことなのである。ただ、三階のちょっと奥まった板張りの部屋ならよいかもしれないという考えはある。それに、おお、あの海――“La mer, la mer, toujour recommencée !”

変化の時である。海のそばに住むということ、潮のリズム、長いあいだの夢がかなうという思いだけで、心が躍る。家を探しながら、とうとうネルソンまで来て、私が最初に見たのも海だった。引越しできるまでに二年はかかるだろう――私をそこに落ち着かせるために、感じ、考える時間だ。すでに〝でき上がった〟庭があるが、ネルソンのより扱いやすくもあり、設計もよい。小さな〝温室〟に使えそうな窓もある、というわけで、すでに整えられ用意のできた庭を選ぶというこの筋書きには、垣根をはい登るツルバラにクレマチスも登場する。低い方の段庭には球根花や多年草が、家の正面には年古りた藤がはっている。だから、海へと下ってゆく広々とした野原をもったこの敷地には、ある秩序と格式がある。

野鳥のための沼地、砂利浜、大岩にいたるまで、その全域が信じられないほど多様なのだ。美と野性をそなえて、まるでメインという土地の標本のよう。

四月二八日

昨夜は霜が下りた。今朝戸外に、霜でまっ白な野を見たときは気持ちが暗くなった。春はいったいくるのかしら？

五月六日

ずいぶん長いこと、日記をあけてしまった。ここに一人いられるときが、そして私の前にたっぷりと時間が開いてくれるということが、一日もなかったのだ。約束が一つでもあると、たとえそれが午後からでも、時間の質を変えてしまう。気にかかりすぎるのだ。深層心理からわき出てくるものを受け入れる空間がない。それらのイメージや夢は、深い静止した水の中に住んでいて、一日が散りぢりになると、ただ沈んでいってしまう。しかし私は最近、異なった質の散逸をも経験している。内から外への散乱である。いったい春はやってくるのかと疑った四月二八日から後は、寒気と雨と、稲光りはしないが暗い荒模様の空ばかりが続いた。昨日、ようやく青空を見たときはわが目を疑った。ここでは白い咽喉をした雀や愛らしい青ウソなど、朝聞こえてくる鳥だけが春を告げている。でもゆっくりと芝生は緑に変わっていて、今日私が庭を歩きまわると、一〇本か二〇本の種類の違う水仙がようやく開きはじめていた。それにキョウチクトウも。庭は今、絢爛たるシラと、本物のフラアンジェリ

181　4月28日　昨夜は霜が下りた。

コの青をもつ小さな花——たぶん雪の星?——のおかげで、青と黄色ばかり。しばらくは続くだろう。葉はまだ出ていないが、枝や梢がわずかに厚くなってきたところ。

ウッドチャックを狙い撃ちするために、日に何度となく外に出てゆく(脅かしたいだけで、傷つけたくはないのだけれど)。すでにタチアオイの最初の柔らかい芽は彼にやられてしまった。昨夜はラクーンが、小鳥の餌箱からおちた牛脂を探そうと、たきぎの山をひっくり返す雷のような音をたてていて、愉快な夜だった。私が灯りをつけても彼女は脅えない。一昨夜は窓のところにやってきて前足でもたれ、厳粛な顔をして私を見たが、まるで〝いったい何をしているおつもりですか〟とでも問いたげだった。今週のことだが、ジュディと猫がここに来ていたとき、ラクーンは猫の出入口から入ってそばにあった猫の乾燥食の箱をみな引きずり出した。私はとうとう起き出して、重い樽を猫の出入口に押しつけておいた。だから昨夜は久しぶりによく眠れた。たしかにそれは新しい日の始まりをちがったものにする。

昨夜はジュディを家に連れてきた。彼女と猫は六月にはまた一週間やってきて、帰るときには猫をおいてゆく。ハウスキーパーつきのサマー・ハウスとウィンター・ハウスをもっているのだから、甘やかされた動物たちである。ごろごろと咽喉をならす動物が、目覚めたとき傍らにいてくれた、楽しい一週間だった——スクラブルは私と毎夜過ごしたし、ファズバズは二階でジュディと眠った。子猫のときからこのぶちのある姉妹猫はたがいに独立して暮らし、嫉妬《やきもち》をやく。スクラブルが私のベッドにいるときは、ファズバズはたとえ空腹な早朝でも、私の部屋に入ってこようとはしない。戸口に坐り、時折りえらそうな声でミャオとやるだけだ。

私の五九歳の誕生日には、たくさんの手紙や花が届いた。日曜日に、五人の友達をシャンパンとサンドイッチに招んだ。けれどちょうどその日は終日雨が降り、気が滅入っていた。いつもそれは同じ原因からきているのだが——しばしば私が人間として失格するということ、近頃記憶力の衰えてきたジュディに対する辛抱が足りないことである。私はユングの、苦悩の必要性への洞察で助けられてきた。時に私は、親密な人間関係がうまくいかないときは、これを認めないことからきているのではないかと思うことがある。われわれは波瀾や変化を怖れ、苦痛に感じられることについて語ることを怖れる。苦悩は往々にして失敗と感じられるが、実はそれは成長への入口なのである。そして成長は、どの年齢であっても苦しみを伴わぬことがない、とユングはいう。「コンプレックスをもつことは、それ自体神経症を表わしてはいない、なぜなら、コンプレックスは心理的な事件の正常な源だからであり、それが苦痛だということは、なんら病理的な不調を意味してはいない。苦悩は疾病ではなく、幸福に対する正常な対極なのである。われわれがコンプレックスをもたないと思うときこそ異常なのだ。」

人間関係が罪のなすりあいをするようなものになったときは、ただ成長の機会が〝トラブルを避けるために〟埋められているのかもしれない。私は今年、ユングのいう〝暗闇——影——を招き入れる〟ことについて今までにはないほど学んだ。

深い井戸に達しようとする者にとって、影はその苦痛な締めつけを逃れるわけにゆかない隘路であり、せまいドアである。しかし、自分が何者であるかを知るためには、みずからを知ることを学ばなくてはならない。なぜならそのドアの後に来るものは、驚いたことに、たとえようのない不確実さにみちた、果のない広がりであり、そこには明らかに内もなければ外もなく、上と下の別も、こことかそこの別もなく、わたしの物と君の物の別もなければ、善も悪もない。それはなべての生命が停止状態で漂う水の世界である。交感系の世界、生きとし生けるものすべての霊魂が始まるところであり、自分が分かちがたく、これでもあればあれでもあるところ、私が自己のうちに他者を、他者が私を経験するところである。

私たちは自分が誤っていたと認めることを非常に恐れている。けれど、それができたときはじめて、宥しの光がさしてくるのだ。(ふたたび、フラニー・オコーナーの行句を読み返す。これは怒りの発作のあと何度も、私を絶望のうちにひざまずかせたものである――慈悲の行為。)私は、自己憎悪の地獄、さらにわが愛する人と争い合う地獄まで下りてゆき、ついで自分を宥すとともに、相手を宥すという天国に帰ってきたことで甦った。なぜなら、私たちが争っているあいだ、真実は隠されているのだが、直面することさえできるなら、それを明らかにすることができるから。

何週間も何か月も、私は相手を宥すという、挫折した擬似平和のなかで自分を納得させてきた。しかし、深い愛のあるところに深い責任はつきものだ。私たちは成長し理解し合うために争わないでいることはできない。それは苦痛であるにきまっているのだけれど。苦痛への怖れと、苦痛を起こさせることへの怖れが罪であることは疑いを入れない。いずれにしても、私はふたたび自分を取り戻したし、五月三〇日の入学式のスピーチをふくむ、こと多い何週間かに直面する用意があると感じる。今は変化の時であり、私はリルケの「オルフェへのソネット」の詩句を口ずさむ。「汝が背後に残してきたもののごとくに、変化を予期せよ」。近頃ネルソンは、私にとってごく明快かつリアルになってきたが、それは私がゆっくりと、そこを離れる決意を固めているからだ。

五月七日

とうとう真正《ほんもの》の青空になった。だのに昨夜はまたしても霜！

ゆうべは、私の受け取った最高の誕生日プレゼントについて書く時間がなかった。今日、アン・ウッドソンがランチに来ることになっている。あとしばらくは〝自由な日〟はなさそう。ケンブリッジから水曜日に帰ってきたとき、家の中には私を驚かせるものがいっぱい待っていた——吊鉢のホクシア、二本のすばらしいバラ、一一歳のナンシーの作った絶品のブラウニーの小袋、それにアンの、私に一日を捧げてくれるという手紙と。（私が留守のあいだにわざわざ彼女は来てくれたのだ。）そして今日こそ彼女が私に贈ってくれた日であり、私の頭のなかでは二篇の詩が煮つまろうとしている、だから、仕事にかからなくては。

グレイシーは庭に出ていて、釣り鐘草にかかる枯葉をはき出し、芝生の種をまいている。万事順調に運んだら、この春はじめての仕事をしに、午後は庭に出るつもり。

五月九日

あの佳き日の後（私は詩を一つ書き、二つ目の下書きをした）は、雨がずっと降り続けてまことにうっとうしい。水仙はみな、また雨にやられてしまった。でも家の中には、みごとなパロットチューリップが甘い香りを放っているし、誕生日以来の白ばらもある。だから（惨憺たる庭のありさまに）私の目は悲しまされても、この香ぐわしい匂いに、鼻の方はすこぶる幸福なのだ。

私はどこまで泣き続けられるのか、私の泣く能力はグロテスクなばかりの厄介ものになりつつある。涙をとめる薬は何だろう？　今朝は二、三通の〝真の〟手紙を書いた。〝義理〟ではなく〝心から〟書いたのだが、それはいつでも、自分がどこにいるかを明らかにする助けになる。今私がいるのは内部の世界の、荒涼たる高地である。でも私たちが確固とした足場をもとうと思うなら現実と折り合いをつけさえすればよいのである。起きたときには、つく息の一つ一つが痛みと精神的な苦しみから出ていて、その鋭さにしばらくは動きがとれなくなり、息をしようとあがいた。やっとの思いで私は清潔なシーツをベッドに敷き、パンチはいうに及ばず鳥たちに餌をやった。台所の窓から目をぎょろつかせる欲深のマーマレードの双子にも。こんな連中でなく、もっと愛らしい、情の濃い動物が身近にいてくれたらと思う。夏、子猫が帰ってきたらなんとすばらしいことだろう！

今では自分がいくらかしっかりしてきたように感じる。戻ってくるところは、いつも同じ要求である。十分深く掘り下げさえすれば、いくら固くとも、真実の岩盤があるということだ。私はどうやら一人でいるように〝できている〟らしいし、幸福の希望は叶えられそうもない。私はいったい、幸福のこつをおぼえるには年をとりすぎているのだろうか？　いや、もしかして、私と永続的に生活を共にするために誰かの人生を誘い入れるには、年をとりすぎているのだろうか？　もしそうなら、私は自分のもっているものでやってゆく他ない……そして私のもっているものとは友人という偉大な富と、自然に対する非常に強い愛である。けっして無一物ではない！

五月一五日

待ちに待った時がきた。さまざまな水仙が、一日じゅうの激しい雨と風にもめげず咲き誇っている。小さくて真っ赤なチューリップもすばらしい。樹々の葉はまだ出ていなくて、光と青空が羽のような、厚みを増しはじめた小枝のすき間から輝いてくる。その枝の骨組みはまだはっきりしているので、それがステンドグラスの効果を与えている。昨日はハチドリを見た。青色と黄金色のウソドリが両方とも、餌箱の周囲に群がっていたし、コウライウグイスも聞こえたが、楓の花を高い梢で貪るその姿は見えなかった。昨日はグレイスがはじめて芝を刈った。私はこのところ六つのバラの繁み、ペチュニア、オダマキ、ルピナスなど山のような草花を、意地悪のこの冬が減らしてしまったところを埋め合わせるために植えた。五月一日以来二回もおりた霜のために、五月《さつき》が枯れていくのではないかと心配。

一〇月を除いたら、ここでは最高のこの月に、あちこち走りまわらなくてはならないことに腹を立てたくなる。でも仕方がない。ヴァージニアとリッチモンドでの例のミラーとロードの主催する作家のための集会に出て、二日の旅から帰ってきたところだが、ばかばかしいほど着るもののことで神経質になった……あそこでは、けっして、けっしてくつろげないだろう。

万事順調に終わった。だのに私は、疑いと不満をいっぱいもって帰ってきた。本を売ることに関係することが、どうしてこれほど気持ちを動揺させるのだろう？　私のようなたちの作家が、どうしてこんな大仕掛の機械を生きのびられるだろう？　短期間であれ、その仕組みを目撃して、私は恐慌状態。

今回の救いは、二人の作家とたちまち友達になれたことだった。その一人、C・D・B・ブライアンは、よくロンドンで会うことのあった典雅で丁重、開けっぴろげでユーモラスで、激しさや鋭さが洗練されている、あの英国紳士の魅力をもっている。もう一人はアイルランド人のトマス・フレミング。生気にあふれ、タフでしかも感受性に富んでいる。彼らはまるで新鮮な空気のようだった。

でも、別れのときテッド・ウィークスが思い出させてくれたように〝身をさらすこと〟から来る反動は二日後にやってくる。そのとおりこの二日間、私はくたくたに疲れていた。

The New York Times

五月一六日

くもり日……でもふしぎなことに、くもり日は屋内の水仙に特別な輝きというか、一種の白光を与える。今朝私はベッドの中から、大部屋の、古いオランダ製の白と青の薬壺に入れた一束の水仙を見通すことができたが、その花々は輝いていた。雨が降りそうだったので、七時前にパジャマを着て外に出、二五種類の異なった種類の花々を摘んだ。早起きの値打はあった。一番に目にしたのは、数フィート離れたライラックの繁みにいた深紅のフウキンチョウだったのだから——なんともみごとな眺めだった！　こんなに鮮やかな深紅はあろうとも思われないし、これほど深い黒もないだろう。

五月二〇日

熱波の襲来である――昨日午後は三二度。一日前にはあんなにしゃきっとして新鮮だった水仙が、燃えあがり、枯れてゆくのだからひどい。でも今は、束の間でも庭がかなり美しい。木々が葉におおわれると、透明なベールは濃くなってカーテンになるだろう。家の下方にある丘も、秋になるまでは見られなくなるだろう。花の咲いているあいだが、小鳥を見るにはいちばんよい時である。コウライウグイスは数分おきに楓の花を食べながら鋭い単音をひびかせる。その姿を見たことはあるが、いつも太陽に向かっていたので、その翼の赤と金がひらめくところを見たことはない。昨夜はポーチに出て半時間ばかり腰を下し、牧場のふもとの木々の、柔らかい赤と薄緑のデリケートな色合いに見とれた……小屋からはツバメが出たり入ったりしていたし、雀たちはニセアカシアの木の間から、夕の歌を奏でていた。

小屋の傍らにあったたった一本のネバダ種の白バラは、二・五メートルにもなり、五月後半にはたくさんの花を開かせたのだが、死んでしまったよう。

今の私の庭の宝物は、小さな物ばかりだ――スイカズラをめぐって小さなじゅうたんのように植えこまれた青いアネモネは大成功だったし、奇妙な格子模様のベルをもったバイモユリは、レンギョウの下でよく咲いた。ルーコジャムの大きな白いつりがねには、花びらの一枚一枚に緑の点々が、子供の描く空想の花のように描かれていて、今を盛りとときめいている。のど元に細い青の縞を入れた白すみれも開いている――ここをいま留守にしなくてはならないとは、まったく腹が立つ。一刻ごとに変化が起きているのだから、ここにいられればどんなにすばらしいかと思う。

五月二五日

このところ、多すぎる要求と、多すぎる約束で息苦しくなっている私同様、この季節は変わりやすく、移り気で、いらいらさせる。〝ほんとうの生活〟と考えることのできた日々から遠ざかってすでに久しい。五日前の日記の日から、気温はマイナス七度に下ったが、ほとんどの草木は生きながらえた。一晩は、今とてもやわらかいクレマチスを麻布でおおってやった。

寒気に続いて強い風と太陽の日々がきた。光は葉のあいだをぬって影むらを作り、空気のさわやかさは気持ちをくらくらさせるほど。すべては動いている。今は濃霧が出ているが、待望された雨に似ている。昨日はどうにか一年草の種を全部まき、幾箱もの花煙草、パセリ、オダマキそれにスミレを植えることができた。ただしそのあいだじゅう、つきまとう黒ばえを追い払わなくてはならなかったが、いちばん厄介な春の仕事が、やっと終わってほんとうにほっとした。これからしばらくのあいだは、大いなる春の情景が次から次へと展開されるまま、庭を楽しむことができる。水仙はほぼ終わったが、チューリップとケマン草が花を開いている。

五匹のウッドチャックの赤ん坊が小屋の下に生まれたのは災難だった。玩具の子熊のように愛らしくはあるのだけれど。でも私はこんな災厄を、以前よりも哲学的に受け取るようになった。思うに、あまり個人的にとらず、失敗も恐れなくなったのだ。庭は成育であり変化であり、それは損失と同時に、時折りの災害を償う、不断の新しい宝を意味している。青いスミレは、今年はひときわ美しい。青は私には、庭のなかでいちばん心をおどらせる色である。その青が今、庭の到るところにある。ヴァージニアキキョウ、ムスカリ、青いサクラ草にアネモネなど。間もなく小さな村にはブルーベルが出て来るだろうし、そこここにフロックスが咲き出すことだろう。

アン・ウッドソンがランチに来ることになっているが、彼女がどんなに心を傾けてこれらすべてを見るだろうと考えると嬉しくなる。

私は、自分とすべてを分かち合える人にあこがれてきたが、徐々に、これは絶対にむりだとわかってきた。どこかにそういった情熱を最終的に根づかせなくてはならないが、それは仕事のなかに求めるべきなのだろう。あまり大きな要求のある仕事、小さな約束事や要求を脇におかせて、何がこようとこれだけはと私を強いる仕事が今はないので、自分が中心を失っているように感じるのだろう。

五月二八日

時たま、どこからともなくすばらしい贈り物が現われることがある。未知の人が昨日『孤独《ロンリネス》』という、クラーク・E・ムスタカスの本を送ってくれた。開いて次の行にゆきあたる。「孤独とは善とか悪ではなく、強烈で、限りのない自己への意識の一点であり、まったく新しい感受性と自覚を導入し、人をして自身の存在と他者の存在にもっとも根本的な意味で深く触れさせる結果をもたらす過程の始まりであると、私は考え始めた。」

近頃私の生活は混沌としている。ウッドチャックの赤ん坊は庭を貪っているが、あれほど幸福なものを、どうして殺せよう？　ラクーン狸は毎夜一時ごろ、台所のポーチに薪を投げ出す音で私の目を覚まさせる。私が電気をつけると、うさんくさそうに私を見上げ、のろのろと屋根につづく柱を登ってゆく。だが二、三分もすると下りて来て、このすべてがくり返される。昨夜はとうとう断念して彼女の好きなようにやらせた。三匹の物置小屋の猫がやってきて一日に五回は私に向かって泣き声を上げる。私は気弱にも屈伏して餌をやる。二匹のオレンジ色の雄ネコはきらいだが、冬じゅう世話をしてやったわが愛するぶち猫は大きな腹を抱えている！

おまけに、パンチは左眼の上が大きく腫れていて、盲になるのではないかと心配。スピーチが二つとも終わったら（その一つはニューイングランド・カレッジの入学式）獣医につれていかなくては。このかわいそうな鳥は、もはや叫びもしない。鳥たちの勇気のあること！　D・H・ローレンスが詩のなかで「彼らはけっして自己憐憫をしない」と言っていたのを思い出す。パンチは今でも、とっておきの親密な声で話しかけはするが、喜びにみちたあの朝の金切り声はもうきかれない。

これらすべてのことで、私は悩まされてはいるが、それは私が混沌といっているものではない。混沌とは、流れをふさぐ小川の沈泥のように、自由な心の流れをせきとめる障害物である。昨日はキーンで四時間を過ごし、車の検査を受け、タイヤ二本を新しくし、夏のブラウスを探した。郵便物が恐ろしいほどたまってしまったので、机の上には返事を書くべき手紙の山が無秩序に積まれている。つきつめると、致命的なのは苦悩ではなく（なぜなら苦悩は少なくとも魂にかんする何かを問うものだから）、日常生活なのだ。

情事のもつはかり知れない価値は、混沌を、それ相応の反古のように燃やしてしまうことである。Xと私がはじめて会ったとき、人生は長篇の讃歌《ほめうた》以外の何ものでもなかった。私はこのときの詩にいま手を入れているので、Xが私の生活に入ってきてから最初の何週間かと、現在の私たちの関係の違いをよく意識している。私たちに今求められていることは、寛容に、忍耐強く、私たちの個性と気質、私たちの価値、私たちの生活の形態の差異にさえ、橋をかけようとすることだ。Xが仕事を一週間離れるなら、彼女は仕事を完全に遮断できる。けれど私の仕事はそうはいかない。そうすることは感じることも分析することもやめることになるし、また知覚することも終りになる。しかもそうすることで、Xと私が共にいるときの痛みが柔らげられるわけでもない。ジェイムズ・カーカップの「詩人」が、なんとうまく表現していることか。

詩人はいつも働いてばかり
ただ一刻《とき》の休みもない
何もしないように見えるときが
実はいちばん忙しく
たいていは書かれずじまい喋らずじまいの言葉を
紙に書きなぐることなんざ
仕事の内にも入らない　なぜって
詩人が舌を与えなくてはならぬのは

どちらかといえば　いわぬが花
言葉に語れぬ想いなのだ

もしも巧みと偶然のたまもので
語れぬ想いが言葉になったとしたら
それは呼吸のように自然で　しかも
霊感にみちているに違いない
気ままで　やさしいこのき印は
求められてもいいぬ　奇蹟をたずね
人ふまぬ道を　ゆかねばならない
ふきげんで　わけ知り人の世にあって

経験を分析する時間がないときは、混乱していると感じる。それは沈泥である——文字どおり私の心をふさぐ、未探究の経験だ。この家のなかに入ってくるものが多すぎる——読んでコメントすることを依頼された本とか原稿とか手紙とか、日記が出版に価いするかどうか意見を求める古い友人とか。これこそ混沌を作るもとであり、問題はウッドチャックでも、ラクーンでもない！

六月四日

やっとこさローラーコースターもおしまい、しばらくは人前に出なくてすむ。今日はまったく久しぶりに、手紙を一通も書かないで仕事を始めることができ、詩を書いた。

だが今は、エマースン・クロッカーが脳腫瘍で亡くなったという手紙について話さなくてはならない。この人は稀に見るやさしい心の持主で、とりわけお年寄りには親切だった。彼の死を私は悼む。彼の親切には想像力があり、たとえば老いたエセルの戸口にミルクセーキとサンドイッチを持って現われ、彼女と一時間も坐ってランチを食べながら喋る――真の紳士だった。やさしさがもっとも稀な資質になりつつある時代に、このような人を失うのは惜しい。一方ある一友人は五〇回目の同期会にゆくため、ペン・ステーションの切符を買う列に並んでいてスーツケースを盗まれてしまった。なんと醜いことだろう。

エマースンのやさしさに比べられるものとして、私が一昨日詩を読んだクイーンズ大学の雰囲気もあげたい。あそこでは四六時中、ドアだけではなく、机の抽き出しやファイル箱全部に鍵をかけなくてはならない。値打ちのある本を戸棚の上に放っておくなどもってのほか！　だからその雰囲気はまるで刑務所なみ。老女が公共の場で物を奪われ、学生に与えるものをふんだんにもつ学校が、彼らに対して武装しなくてはならないなどというときに、人間らしい行動規範への私たちの暗黙の同意が実際に働きうるものだなどと誰に信じられよう。

私はエマースンのやさしさと生命への尊敬を、ジョージ・サートン〔メイ・サートンの父〕の非難にいそがしい若い科学史の学究についてを耳にすることとも対比する。もちろん彼には短所があり、おそらくそれはジョージ・サートンが二〇世紀ではなく一九世紀的な人間であることからきていた。だから彼はフロイトを理解できなかった。また近代的な意味での社会学者でもなかった。彼は実際には旧派に属する歴史家だったのだが、見逃され、あるいは部分的にだけ書かれた歴史の要素を扱った。たしかに彼の偉大さは、芸術、科学、宗教を人類の偉大な発明として統一するヴィジョンをもち、歴史を吟味することを通して、彼の口ぐせだった〝科学の人間化〟の方向に動いたことだろう。また実験科学の国際的な性格を強調することだけでなく、すべての珍しい発見や開拓は多数の無名の献身的な人たちの仕事に支えられ、最後の〝天才〟は彼らの業績の上に出現したということも忘れなかった。だから若い科学史の学究は彼を足場にしているのだ。だがいうまでもなく、サートンは引きずり下されるのがならいの父親像であり、科学史の祖父となったときはじめて、彼自身の価値を認められるのだろう。

いざ　嘲笑《わら》え　偉大な人を
心に大きな重荷をにない
深夜におよぶ刻苦にたえ
大いなる記念碑を残しつつ
吹きすさぶ風さえ気づかぬ人を

いざ共に　嘲笑《わら》おう　賢い人たちを
その目は老いて痛みつつ
暦に釘づけられていようとも
季節の去来は　上の空
太陽に向かっては　ただ唖然

…………

さてそのあげくの話だが
嘲笑う者をこそ　笑え
善人を　賢者を　英雄を
助けようなど　狂気の沙汰
荒れ狂う嵐を静めようと
指一つあげるでない　御仁らを
いかにも　人を嘲笑《わら》うこそ
われらがゆかしき　なりわいなれば

まことイェイツは最後の言葉をもっていた。

六月一二日

六月に霜がおりるとは、なんという異常な春だろう！　温度はこの二日間に零度まで下ったが、ひんやりと晴れた日は天の恵みだ。これはライラックの花が二週間も咲いていたことをも意味している。ライラックは、今ようやく色が薄れ始めた。藤色のライラックははじめ一種の銀色に変わり、それからいささかわびしい茶色になる。みごとな深い紫色の花は、色があせてゆく過程で藤色に変わる。それに、こんなに遅くまでチューリップが咲いていたことがあっただろうか？　三本の赤いのが、いまだにライラックといっしょに、大部屋の壺に入っている。今朝それを見て、澄んだ華やかな赤のチューリップは、澄んだ真青なチューリップと同じほど庭で見つけるのがむずかしいと思った。牡丹の赤は紫に変わり始めた。ああ。

私はラクーン狸の味方だけれど、毎夜やってきては薪の山をひっくり返し、一時間後には灰を入れる缶をどんどんたたく輩《やから》には腹の虫がおさまらない。今ではこいつのために、猫の出入口さえ閉めておかなくてはならない……この口は、家なし猫の侵入を防ぐためでもあるのだけれど。家なし猫は今三匹いて、違った派閥のが出会うときは目を光らせあったり、しゃっしゃっと音をたて合ったりが盛んに行なわれる。私はそのすべてに餌をやるが、私の猫がやきもちをやかぬよう、とび出して皿を繁みの下に隠すのである。だからここは猫の『ハウディードゥーディ』〔子供向けの有名な人形劇〕のようなもので、おまけに戸外で給仕するウェイトレスつきだ！

スケジュールどおりに戻れたのは幸い。ノートンは私の六〇歳の誕生日祝いに、来春詩集を出してくれる。九月末までには原稿を渡さなくてはならない。しめ切りさえあれば、私はよく仕事ができる。限りのない時間とは扱いにくいもの。

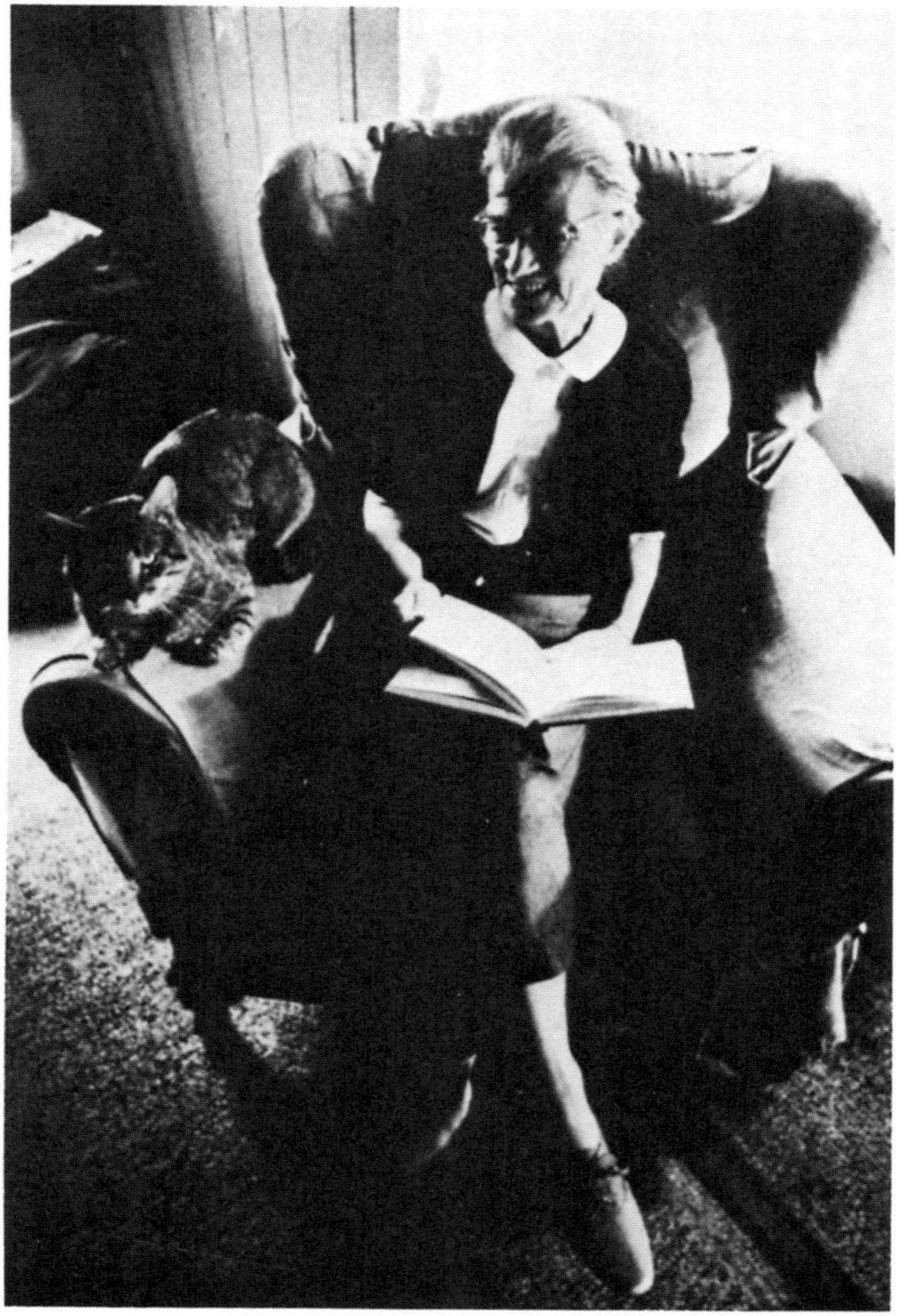

Photo by Mort Mace

六月一五日

白牡丹が開いた。いったいどうやって除雪機が積み上げた何トンもの雪に耐え、こんなに驚くべき奇蹟の一輪を咲かせてくれたのだろう？　白牡丹をイメージに使った詩に手を入れているので、何度も外へ足を運んではそれを眺める。いうまでもなく問題は、詩に手を入れるときは情感が冷えていて、いちばん大切な強烈さの密度が弱められていることだ。霊感はそれ自体、白熱した批評である。今朝は望みを失いかけた。

困難なのは、歯切れの良さと全体の流れを、花片に戯れる光と影のように結合させること。花のデザインはいつもはっきりしていて、なんらぼやけたところがない。だが効果は流れるようなものであり、たとえばアヤメの花のように、固定したものではない。

アヤメや牡丹の花が開いている、一年で最高の季節に庭を離れなくてはならないのは残念だけれど、私が疲労困憊の寸前にいるのは確か。喜びさえも高いものにつきすぎ、真実歓迎できるのは暗闇と眠りだけという状態になるのは悪いことだ。今朝は九時過ぎまでベッドにいて、事実一〇時間も眠ってしまったのだ。（私は灰の缶を屋内に入れたので、ラクーン狸と猫のけんかを除けば、はじめての静かな夜だった。）人はどうやって休息をとるのだろう？　私は急がないことで、圧力を積み上げさせないことで休息しようとする。一度に一歩ずつ。まるで深い井戸からはい出るように。

六月二一日

週末を外でXと過ごし、帰ってきた。金曜の午後家を出たとき、栄光の瞬間が今にも来そうだとは判っていたが、九時前にやっと帰宅したとき、たそがれのなかで見たほどの爆発を予期していたわけではなかった。牡丹は大方、つまり中央に赤い縞の入る白鳥のような古典的な牡丹は開き、あまり私の好みではないがダブルピンクのも開いていた。アヤメはいたるところに咲き乱れ、大きな赤いケシや〝美女の繁み《ビューティ・ブッシュ》〟、それにずっと下方の広い境界線の端には明るいピンクのバラが一本だけ咲いていた。何もかも骨のように乾燥している。私は六時に起きて水をやり、家に飾る花を摘んだ。

でも昨夜は静かな夜ではなかった。灰の缶は屋内にまた入れておいたのに、ラクーン狸が一一時ごろまた外でがんがんやり出したのだ。けれどもこの根気強く利口な動物《けだもの》は、猫の出入口から入ってその餌を盗もうと心を決めていた。なんという抱腹絶倒の夜になったことか！　私は外のポーチの椅子の上に薪を積み、その椅子を動かすのは不可能に見えるよう押しつけておいた。どうしてどうして！　三〇分のうちに私はガチャンという音を聞き、ポーチの明かりをつけると、ラクーン狸がせわしげに二〇ポンド入りの小鳥のえさの缶を押している。猫の出入口への最後のとりでなのだ。私が大声で狸にわめくと、うさんくさげに見返され、寝に戻っていった。これが五回もくり返されたろうか。一回ごとに、私は猫の入口の内側と外側の重しを増していった——が何の役にも立たなかった。とうとう私はライフルを持ち出し、彼女を脅かしたが、相手はいくらもたたぬ間にまた帰ってきた！　そこで私は裸足で三度とび出し、ホースをほどき、ポーチの屋根の彼女の坐っている所へ激しく水を浴びせたのである。

二時までにはへとへとになり、猫の出入口の内外に重い物をおいてから、眠りにおちたらしい。でも今朝起きて見たら、ラクーンの勝ちと判った！　何もかもが投げ出され、猫の餌の入った数箇の箱は猫の戸口から引っぱり出され、ポーチの上で開かれて中味がはみ出してはいるが、ほとんど食べられていなかった。ラクーンにこのゲームを続けさせていたのは悪意と腕白のようなもので、空腹のせいではなかったらしい！　うつ手はただ一つ、猫の戸を釘と板でもうこれきり閉めてしまうことだ。

六月二三日

このところ、多くのことが起こりすぎる。庭の中であっという間に花を咲かせては死んでゆくものすべてに、どうやって心を配ることができるだろう？　この大いなる雪白の牡丹が開く最高の瞬間まで、実に一年の働きと待望がこめられているというのに、咲いたと思ったら――もう去ってしまう！　今朝ベッドの中で私はそのことを考え、ミルドレッドの言葉を反芻していた。「愛の根も水をやらなきゃ枯れますよ。」彼女が私の家から去るとき、家は平和の裡にある。美と秩序が帰ってくる。そしていつも彼女の去った後には、先の彼女の言葉のような、一滴《しずく》の芳香が残されている。だから彼女のここでの働きは、芸術の仕事なのだ。掃除と片付けという肉体的な行為の下に神秘的な儀式がある。なぜなら、愛によってなされたものは常にそれ自体を超え、天の秩序にあやかるからだ。

三本の白牡丹と二本の薄青いアヤメを家に持って入れるまでに、まる一年かかるということは私たちを驚かせも怒らせもしない。長期の忍耐と信頼（この春の終りごろになって何度ライラックが霜でやられることを心配したか知れないが、ついには今までと変わらず輝かしく咲いてくれた）の果てにこの栄光が得られることも、またそれらが長く続かないということも、ともに正当で適切なことだと思われる。それでいて私たちの人間関係においては、至高の瞬間、開花のときが待たれなくてはならず……そのあげくそれが長続きするわけにゆかないということで腹を立てさせられる。やっと頂点に登ったと思ったら、また下りてゆかねばならないのだ。

おそらく私たちにとっていちばん学び難いものが忍耐なのかもしれない。私は、年とって盲目のジャン・ドミニクがかつて私に言った言葉を思い出す。「私はいつまでも待っているわよ。」そのとき私は三〇にならず、彼女は六〇歳を過ぎていた。そんな年齢の人が誰かをそれほど強烈に待てることに驚いたものだ。けれど今では、人は生涯を通して待つのだと知るようになった。

七月七日

グリーニングズ島から、ジュディとともにアン・ソープ訪問という例年行事を終えて帰ってきたところ。五里ばかりの長さのあるこの島は、マウント・デザートの山々に面し、サウスウェスト港の反対にあるサムズの入江にある。丈の高いモミやえぞ松、多色の柔らかな苔、ブルーベリーの畑、塩水プールまで下方にひろがる長い広々した牧場の島である。私たちがやって来たのは、伝統に深くそまった、時の流れを知らない世界だ。アンの父親が一八九〇年代に建てた、多くの部屋をもつ屋根のある箱舟といったこの家で、私たちは一週間かそこらのあいだ、ヴィクトリア朝の安全と快楽に守られて過ごしたのだ。私たちはあのなつかしい楽しみのすべてに戻っていった——バルコニーに坐って、音もなく入江を滑走してゆく帆船や、休みなく変化する雲の形あるいは水や丘の上の光と影をみつめたり、夕食のためにむらさき貝やブルーベリーを集めたり、野の草で花束を作ったり、家に帰って創る日本庭園のために小さな木や柔らかな苔のクッションを探したり、ろうそくを灯して、大きな階段を登っていったり（ここには電気がない）、トゥインの真鍮ベッドに沈みこみながら、眠りにおちるまで何時間となく喋りつづけたり。

私たちは小さな子供に戻り、家内《いえうち》のちょっとした仕事をたがいに割り当てる。階下のポーチにある大テーブルで食事をするために〝家族〟に加わり、この大きなしかも親密な王国の女王アンが食前のお祈りをする。食後一時間くらいはそこに残って、一年中のニュースを交換したり、日の沈むころには政治から哲学へと話題が移ったりもする。そしてとうとう腰をあげて、火にあたるために家の中へ入ってゆくのだ。

ここでの日々に時がないのは、秩序があり、しかも自由なせいでもある。私たちはそれぞれの生活を楽しんだが、つきもののストレスや要求がなかった。私はずいぶん前に亡くなったソープ家のナース、ダーディの、子供部屋の隣の部屋で仕事をする。正午ごろ、ジュディと私は小鳥のさえずりの聞こえてくる林を通り抜け、野原を横切り、「黒眼のスーザン」やヒースのしげみ、デリケートな藤色のイトシャジンの合間をぬって、プールへ泳ぎにゆく。夕方になると、私たちは声を出して本を読む。私の多くの本は、原稿のとき、ほら穴のような〝大部屋〟の、燃える暖炉の前ではじめて聞いてもらったものだ。誰かは熊の敷皮に寝そべり、アンはソファに坐り、また他の客はアラジンのランプの投げる明るい光の輪の外に散らばっていた。これはようやく六か月後に、装丁され印刷されてネルソンに本が届くのと比べると、はるかに酬いが大きい。

両親の死後、この島は私の生活で変わることのないただ一つの場所となり、アン・ソープは、ジュディを除いては家族にもっとも近い存在になった。それは甦りと安全を約束してくれる場所であり、しばらくのあいだは危害や攻撃がなく、あらゆる感覚は養分を与えられ、魂が安らぎを得る。
いつの日か私はこの島について詳しく書きたいが、今日はケレース〔ローマの神話の実りの神〕のように生命を豊かにする、この島に住むある人の特殊な資質について――アン・ソープその人を祝うために、書きたい。

過去一年間、私は女たちの生活について、彼らの悩みや葛藤について、また未婚の女性が時たま提起することのある、価値について考えていた。アンはこうした価値のよい例だ。彼女にとって、生活それ自体が創造なのだが、それは妻、母あるいは祖母としての、ふつうの意味においてではない。もしアンが結婚していたら、彼女は異なった生涯を送ったろうし、それは豊かなものだったに違いない。けれどもそれでは、彼女がここで与えているものを、彼女の現実にしているやり方で与えることはできなかったろう。数戸の家に彼女は関係していて、そのすべてが、夏じゅう行ったり来たりする家族や友人でいっぱいになる。アンの生活は多方面に伸びていて、シェイディ・ヒル・スクールを通してだけでなく（彼女はそこで七年生の教師だった）、それ以前には第一次大戦後にフランス＝アメリカ孤児院の子供たちの面倒を見るためにフランスまで、また第二次大戦後にはブレーメンに近隣友好会《ネイバーフッドハウス》を創設するユニタリアン奉仕委員会を助けてドイツまで広がった。だからこの島は、年齢や人種の異なった多様な人たちを引きつける。

ボートハウスまで下りてみれば、流木からボートを作るのに夢中になっている少年がかならず見られるし、森の外れでは年老いた婦人が植物や野鳥に熱中している。かと思えばとんがり岩に坐った恋人たちが、未来を手探って長いあいだ話しこんでいる。またある家族はそろって舟釣りをしている。これらすべてのあいだを、ナップサックを肩にしたアンが、足どりも軽く、新しい客のために家を用意し、ミサゴの巣を見せるために子供の手を引き、でなければジュディか私に「お茶はいかが？」とたずねたりしてまわるのだ。夏のあいだに一度か二度のことだが彼女が島を離れると、目に見えて真空の空間ができる……何かが欠けているのだ。すべての糸を手元で手繰っている誰かがいない。私たちはかすかに警戒し、ちょっぴり淋しい思いにさせられる。

今は七〇代になったアンは背が曲ってはいるけれど、その横顔はいまだにエジプトの王妃ネフェルティティのそれであり、その大股の歩き方は女神のようだ。女神？　その言葉が浮かんでくるのは、（五〇年も前のことだろうか？）ロングフェロー・ハウスの庭で、彼女が「女神たち」というダンスをするのを私は子供のとき見た記憶があり、それ以来連想が続いているのだ。ロングフェローの孫娘である彼女は、私の目には、ヨーロッパ人、あるいはアメリカ貴族の権化と思われた。その暗示しているのは、彼女のなかに深く感じられる貴族の義務意識《ノブリス・オブリジエ》である。それは認められることへの要求や、人間のふつうの努力や責任からいかなる意味でも免除されることへの要求という意味での〝特権〟と正反対をなすものである。個人的な鷹揚さ、可能なあらゆるやり方で生命にみずからを与えようとする、つまり彼女の存在そのものを贈り物とする気前のよさである。アンはネズミにさえ腹を立てはしないだろう。彼女はシェイディ・ヒル・スクールでしたように、みずからを与えることなしに金を与えることはしないだろう。そしてそれはすべて、アンが遺産として受け継いだ優雅さかもしれない。しかしアンは、その家族のなかにあってなお独特である。彼女の天才は何でできているのだろう？　私はその謎を解こうと今朝じゅう考えていた。

おそらくそのかぎは、どんな日でも時でも、満たされるべき喜びや、分かち合うことで和らげられる悲しみ……あふれ出て理解されることを求めている感情に対して、彼女が自分をさし出すその能力にあるのだろう。だから、指をけがした一歳児にはテディ・ベアがアンからさし出されて、魔法のように現実のものになるし、誰と結婚するべきか決めかねている若い女性は、妨げられることなく長いあいだ彼女と話し合うことができる。老婦人は来たる大統領選挙について実に楽しくアンと論じ合うことができ、彼女の情熱に感応してアンの青い瞳にも炎がもえてくるのを感じる。彼女の参加は受け身であったためしがなく、しばしば、吹きぬける風のような笑い声をともない、常に活力に溢れ、独自である。いつも芸術と生活のあいだで分裂している私にとっては、アンの、経験への絶大な能力が、彼女がことにこの島で手に握っている数多くの糸によって、緊張したり、あるいは負担になったりするように見えないことは大きな驚きである。そしてこれこそ謎の核心なのだ。アンはいったいどうやって処理しているのだろう。どんなにして彼女はあの瞬間、すなわち人間的な瞬間を隔離することができるのだろう。おそらくそれは、この点において彼女が詩人だからだ。詩を書いているとき、私は庭仕事のことや、手紙の返事などに心を煩わせない。創造という時のない世界に、私のすべてが没頭している。アンは一日の一刻一刻を、最初で最後の瞬間のように、全身全霊で生きている。

ジュディと私がたぶんクリスマスの頃、暖炉の火の傍らに腰を下ろしてグリーニングズ島の楽しみを思い出すとき――私たちは二つ三つのはっきりしたイメージに戻ってくる。この島にアメリカワシミミズクの住んでいた頃の話をして、アンはその交尾期の鳴き声をまねて見せたのだ。彼女の腕は翼になった。アン自身がミミズクそのものであり、ミミズクを演ずるアンのあの忘れ難い声は、何年も経った今でさえ私たちを涙の出るほど笑わせる。もう一つのイメージは、子供たちのいるある家に私たちが歩いていったときのことだ。アンは、ヴァッサーの学生時代の長い赤色のマントを着ていた。突然の思いつきで、彼女はそれをこうもりの翼のように広げて見せ、子供たちにぱっと襲いかかって彼らを大喜びさせるやら、彼らの庭で生まれた珍しい魔女の迫真ぶりで少々恐がらせたりもした。私の心のなかにあるのは、朝の仕事を終えて私が広い階段を下りてきたとき、〝事務室〟である父親の大きなロールトップデスク用の椅子に坐っている彼女の姿である。その頭は計算書か手紙に向かってたれ、どことなくよそよそしく書類箱に没頭していたが、突然何かをおもしろがって、秘かな笑みをもらしたのだ。またこの最後の訪問から、私には新しいアンのイメージが加わった。それは私たちといっしょに岩の多い浜辺に立ち、正確に午後八時一〇分過ぎ、とてつもなく大きな深い橙々色の月が、サットン島の上にするすると昇り、静止した水の上に、完全に真直ぐな一本の通り道を投影し、さらに上空に弧を描いて動いてゆくのを、わくわくと待っている彼女の姿である。

私には謎は解けない――誰に解けるだろう?――けれども、ネルソンがまた私を慌ただしい生活に追いやる前に、このもっとも愛すべき友人の謎解きに一時間を費やすことができたのは嬉しいこと。

ネルソンは満開のバラと日本カブトムシで私を迎えてくれたが、一か月以上ほとんど雨が降らなかったので、庭はひどく乾燥している。ポーチの下には、何匹か判らないが子猫がいるのも見つけた。あの小さなぶちの野良猫は、明らかにここが安全な場所と感じているようだ。彼女はめっぽうやせていて、手に負えない息子どもに追い回されているが、その一匹はどうみてもこれらの子猫の父親にちがいない。

私は六時に起きて水をやり、夏の祝いに、二束のみごとな花を家のために生けて、私自身と私の家とを普通りのコミュニオンにもどした。炉棚の上にはジギタリス、大きなピース・ローズ、白のマルタゴン・リリー、小さな白いクレマチスの幾枝か、それに季節に一度だけ花を開く明るいピンクのバラがある。庭には「マルメゾンの思い出」と、「ポール・ド・フォンテーヌの悲しみ」が花を咲かせているが、一本はうすいピンク、もう一本は真紅の、時代遅れのクッションのような形をしたバラであり、それらの存在と同じくらい花の名も美しい。

戸外ですべきことが山のように待っているので、家の中で仕事をするのがむずかしい。でも働かなくては。Xと一週間過ごすために出かけるまでに五日しかないのだから。チェッカー盤のような変化の多い夏ではあるが、私は哲学的に受け取ろうと思う。一歩一歩。楽しみを一つまた一つと。

水をやったあと、ベッドに戻って朝食をとり、ニューヨーク・タイムズの日曜版でソーローについての説得力のあるエッセイを読んだ。その筆者は、ソーローのルネサンスは非現実的である、なぜなら彼の追求する〝永遠の瞬間〟は人間関係を除外していて、そのために彼はわれわれの時代の信頼できる導師とはならない、と感じている。現代は、〝社会的人間〟が苦しみながら成長しなくてはならない時代であり、われわれはますます多くその要素をとり入れることを要求されているからだ。ソーローは大いに、親島を離れた小島であることを願い、それに成功もした。われわれはこれが可能であるかまたは善であるという神話を脱皮しなくてはならない。私がこの日記を一年間はどうしても続けなくてはならないと思ったのは『夢見つつ深く植えよ』が偽りの楽園の神話を創り出したと思うからである。実のところ、私は自分の役目は、現実にできるだけ近付き、現実を受け入れるために、私自身が築いたものをふくめて、神話を静かに破壊してゆくことだと思っている。ミセス・スティーヴンズ〔メイ・サートン著『ミセス・スティーヴンズは人魚の歌を聞く』の主人公〕はその暮らしぶりではロマンティストだけれど（美神《ミューズ》の崇拝者の例にもれず）、彼女の人生観はロマンティックではない。

私も生涯のあいだに、苛酷な真実と対決しようとしては、心に慰めを与える神話が一つ一つ破壊されてゆくのを見てきた。私たちは文明化した人間が、動物のなかでもっとも残酷なものだということを受け入れなくてはならなかったし、絶対権力を与えられれば、われわれはみなサディストになるし（ドイツの強制収容所や、カリー中尉その他）、邪悪さとは人々を恐れで屈伏させる上で役に立つ宗教的な概念ではなく絶対的な現実であること、一人一人が己れ自身の内部で闘うのだということを認めなくてはならなかった。

私たちはまた、米国の民主主義が目に見えぬまま組織労働や軍隊を含め企業連合や権力集団によってのっとられた政府に変貌していること、〝ほとんど人民のもの〟ではなくなりつつあることを受け入れなくてはならなかった。だから私たちは誰一人信じることもできなければ、終結できそうもない恐ろしい戦争を戦っているわけだ。私たちはまた黒人が、解放されるどころか、ありとあらゆる意味で抑圧されていることを理解するようにもなった。そして今や女性が、自律と全的であることを求めて、困難で苦痛にみちた闘いを闘わなくてはならないことを、ますます自覚するようにもなった。私たちはまた、中産階級の少年少女の多数が非行に走り、麻薬に溺れていること、私たちの創り上げた気風《エトス》に何かしら大事なものが欠けているために、彼らがこのもっとも禍い多い源から〝照明《イルミネーション》〟を得ようとしているつらい真実を、受け入れなくてはならなかった。また私たちは公立学校が、怒り、飢えた学生の手で物理的に破壊されるのも見た。そしてもっとつらいことは、恐ろしいことにみちた世界の現状から神の責任を免除するためには、神を無限の距離におかなくてはならないと言ったシモーヌ・ヴェーユの言葉の正しさを、認めなくてはならないことだろう。

けれども、絶望する理由がこれほどあってさえ、勇気ある人々がいまだにたくさんいて闘いを続けているのは、なんという驚嘆すべきことだろう。

メインへ発つ前の夜、CBS番組「旅中のチャールズ・クラウルト」を五分間見て涙を流した。それはブラック氏という黒人の話で、彼はノース・カロライナ生まれの九三歳の煉瓦工であり、細面の、ものごとに熱中する感じの人である。ブラック氏は緊急に必要とされている建築材と、地元の土壌で煉瓦を作るための専門知識を授けるために、アフリカのある国に官費で飛んだ。彼はそこで粘土の掘り方、それを形にする方法、全村落をごく安い費用かほとんど費用をかけないでいかに築くかをやってみせた。政府がこんなに想像力のある行動をしてみせるとは、なんとめずらしいことだろう！　そしてまたこの老人にとって、彼の天分が役に立つこと、彼に分かち合えるものがあるという発見は、なんとすばらしいことだろう！　私はこれを比喩として受けとり、そのために涙を流したのだ。

七月八日

ビル・ブラウンが昼食に来ることになっている。彼は両親を二人とも先月失った。彼の慈父は心臓麻痺で、つい先日亡くなられた。私は、私同様の孤児になった彼のことを考え続けていた。五〇歳でみなし児？　この言葉は、私の父が亡くなったとき、当時八〇歳だったハリー・グリーンがくれた手紙を思い出したことで浮かんできた。「あなたも今はみなし児ですね。」だがたった今、ビルが電話をくれ、具合が悪くて来られないという。残念。

私たちが話し終わったとき、彼の叔母で今は九〇歳のエミー・ルーミスが、私に話したいと言った。近親を失った喪の最中に彼女が話したかったのは、インターヴェイルのメリマン夫人の家で、私の母が花を摘んでいる姿のことだった。そして、その花々（私もすばらしいサルメンバナがあったのを覚えている）や、その抱え方の鮮やかな思い出だというのはいかにも彼女らしい。メリマン夫人の庭はスロープになったビロード状の芝生の片側にあり、楓の葉のような形をしていて、多数の一年草や多年草の花壇があった。私の母は朝早く花を摘み、それを生けることを――それも誰か他の人が手塩にかけて育てた花を――どんなに楽しんだことだろう！

私たちの毎年のインターヴェイルの訪問は大きな祝福であり、私の父母にとっては私にとってのグリーニングズ島訪問と同様な意味をもっていた。その家は広々として、格式があり、宝物がいっぱいだったが、そのなかに貝殻用のキャビネットがあり、いつも鍵がかかっていた。毎日正確に午後四時になると、黒い高級車ピアス・アロウに乗った運転手が現われて、私たちを湖か、滝かあるいは〝風景〟を見に短いドライブに連れ出した。四時半になるとメリマン夫人はハンドバッグから小さな薬入れをとり出し、モルト・ミルク漬けの一粒を、特別に奮発してくれるのだった。ある夏、私は彼女のポケット用に、水彩による花のさし絵つきの小さな詞華集を作って楽しい時を過ごした。ときどき私は生涯の残りをただそんなことだけして――愛する人々のために物を作って――そして出版なぞは二度としないで過ごせたらと思うことがある。

六月二日号のニュー・ステイツマン誌には、キャサリン・マンスフィールドにかんするＬＭの本についての書評がのっている。八三歳になって、とうとう、ＬＭは彼女の側の話をしたわけだ。今まで私たちに判っていたのは、マンスフィールドの日記に現われる削除訂正つきの話だけだった。マリー

〔男性名〕はもちろん、真実が知れることを望んではいない。だが日記が（マリーの編集で）出されたときでさえ、ＬＭがバナナをゆっくりと食べるたまらない部分をそのまま残しておくことは、不必要に残酷だと思われた。コットは終始彼女が〝良い人〟だ、彼がその全体像を受け入れられるわずかな人々の一人だといっていた。

クレア・トムリンによる書評は「妻の話」と題されている。最後の部分はこうだ。

キャサリンの面倒を見ることのできない捉え難い夫マリーと、完全に献身的なＬＭとのあいだを往復する振子は、キャサリンがその双方から身を引いた彼女の生涯の最後の週まで振り続けた。そこに到るまでの状況はこうだった。マリーはキャサリンの病を労る力が全くなく、彼女を快適にしてやるための実際的な仕事はおろか――キャサリンはたいてい苦しんでいて、衰弱していた――十分彼女を愛してやる力さえなかった。ＬＭが一人で看病し、愛し、埃を払い、火を作り、買物をし、ボタンをつけ、朝食やランチを運び、キャサリンが子供のようにかなぐり捨てるジャケットを持ってその後を追った。あの天才と病気をもった彼女が、夫と同様妻を必要としたのは疑いがない。そしてマリーが彼女の夫であったと同様、ＬＭは真実その妻であった。ＬＭの保護本能はキャサリンをしばしば激怒させたが、ＬＭに対して彼女は一九二二年こう書いている。「力をつくし、たとえ私からは何の表現《しるし》がなくとも、私があなたを愛しあなたを妻に欲しいと願っていることを信じ、信じ続けてください。」彼女なしに、キャサリン・マンスフィールドはその著作さえ書くことはできなかっただろう。コテリアンスキーはＬＭをキャサリンの〝唯一無二の友〟と呼んでいる。ある意味でＬＭはキャサリンに、どちらも短いけれど二つの生涯を生きる余地を与えたといえよう――仕事をする欲望と、愛への欲求に燃える女として。青春時代の熱狂から多くの試練や争いをへて、最後に互いを受け入れるようになるまでの、この並外れた友情の軌跡をわれわれに辿らせてくれたことで、ミス・ベイカーは彼女の友人に奉仕し続けている。

いうまでもなく、なぜ妻という言葉が〝母〟の代わりに使われたかは、大きな疑問となるだろう。LMがしたのは事実〝母親の役目をする〟ことだった。けれどもそれは母親の愛情とは異なった種類の愛からであり、キャサリンの彼女への感情が曖昧だったのは確かである。コットがいつも指摘していたのは、LMは往々にして奴隷のごときふるまい方をし、またそのように扱われてもいたが、けっして奴隷にはならなかったということだ。彼女は自身の尊厳と全体性《ホールネス》を保ち、またその愛は傷つくことがなかった――小さな功績ではない。

ひょっとすると真実は、マリーに母親が必要だったのかもしれない。彼にはキャサリンが必要としていた看護人の役目をすることが体質的に不可能であり、彼女が看護を求めるようになり、母親の役がができなくなるや、彼らの結婚が破綻し始めた。そこで三人のあいだで、すべての役割が移動した。マリーはキャサリン・マンスフィールドの愛人となり、キャサリンが愛人を求めたときには召し出されたし、LMはキャサリンのなかの、妻を必要とする創造者の、妻となった。職業をもつ女たちには妻が必要であり、多くの人がこの事実について冗談を言っている。われわれは同性愛関係で、これがうまく働いた例を見てきている。ガートルード・スタインとアリス・B・トクラスが思い浮かぶ。けれどプロフェッショナルな女性の妻役の女性は、並外れて無私で、しかも彼女自身の尊厳を保つに足りる自我をもたなくてはならない――トクラスがその存在を認められるようになったのは、ガートルード・スタインの死後ようやくだった。

七月一〇日

昨日はくたくたに疲れて、何一つしとげることができなかった。むし暑い日で、雲が空をおおい、雨を待望するあの緊張。けれども結局雲は吹きとばされ、庭に水をやらなくてはならなかった。何もかもおそろしく乾燥している。それでいて庭は花にあふれ、ふたたび絢爛としている。尖った青い茎をもつみごとなデルフィニウムは花盛りだし、マドンナ百合もしかり、あちこちに日本アヤメが光るようなうす青か紫の花を開かせている。物置の傍らにあるこのアヤメ用の円い花壇には、グリーニングズ島から持ってきた風変わりな赤と青のケシの種子もまいてある。ＡＬＴの説によれば、島がくちばしで運んできたのだそうな。ここで根付かせようとはじめて入手することのできたもので、心がわくわくする。こんな花は、あの島以外で見たことはないからだ。このところバラたちは豊潤な雲のように、気ままに首をたれている。

無風状態でふさいでいるときには、昨日のような空白の日がエネルギーを補充するためにどんなに貴重か考えないものだ。まず、泉が涸れたように完全に消耗するが、翌日になると突然エネルギーがあふれ出してくる。私は今日は中心が坐っていて力強く幸福だと感じ、長いあいだ気になっていた手紙を何通か書いたばかりか、新しい本のための詩を全部読み返しさえした。この本はほんとにうまくゆくだろう。とりわけ『辛子種』への完全なコントラストとして成功するだろう。これは花々や樹々や葉や、それらに射す光と影のイメージのあふれる華やかな本であり、その大部分は愛の詩だ。

外部からのストレスが、重なる日もある。昨日という日は、機械がまったく働いてくれなかった。車に故障が起きたと思ったら、ニュースを見ようとしたテレビもだめときた。一三年前のもので、よく役に立ってくれた。私はキーンへとんでゆき、衝動的に一台買った。スイッチを入れると、ルイ・アームストロングへの追悼演奏をやっていた。彼のトランペットの歌いあげるセント・ルイス・ブルースはどうしたって聞き逃したくないものだ。あの男からは何かが輝き出てくる。たぐい稀なもの、真の喜びが。それはどんな種類の芸術家にあっても、ごくごく得難いものになりつつある。思うに、それを人の心に伝えることができ、事実伝えてくれるのは、常に、苦しみをなめてきた人たちだ。そのとき、喜びには気障なところもなければ、自己正義のようなものもなく、すべてを包容し、排他的なところがない。そうしてそれは、祈りに近いものとなる。

七月二十六日

最後の日記から二週間。二、三日書かないでいるうちに来客とか外出が続いた。ひでりが続いているが庭はすばらしい。ことに早起きして一時間水をやれたときは、根の浅い一年草には、それだけでたいへんな違い。そういえば今はヒナゲシの開く時間——毎朝私は庭に出て一ダースばかりの新しく開いた花を摘む。白、ピンク、色調の異なる赤色などその透明な花片は、これほど美しいものは他にないと思わせるし、散り落ちた花片は絹のような肌ざわり。たいていの花が不透明で庭がジャングルと化すこの時期に、ヒナゲシの繊細さは格別のもの。開きかけた百合もある。炉棚の上には大きなピンクの百合が薄いピンクのフロックスや青い大きなあざみといっしょに入っている。台所の下方の敷地の境界線の所では、ウッドチャックがまたもやフロックスとアスターをすっかり食べてしまった。

私は海辺でXと一週間過ごしたが、樹々や木陰や、ネルソンの町の風格にどうしようもないほど飢《かつ》え、近頃の本式の〝海浜場〟で目にする〝金持ち社会〟にうんざりして帰ってきた。Xがあそこに家を買ってから後の、なんという悲しい変わりざまだろう。私にノックを思い出させるのだが――塩水の沼沢をおおうキアロスクーロ画に見るような空、砂丘や広い砂浜、ビーチパラソル、砂の城を作る子供たちのなんということのない遊び、バケツで海の水を汲んでは築いた壁をこわし（私が忘れてしまっていたことだが）たがいを砂の中に埋める。子供の頭だけがつき出ていて、肉体は砂中で動くこともできないという、これはまったくいやなイメージである。

ある次元ではこれはほんとうの休暇だったけれど、もっと深い次元では悩みと失望のときだった。この日記はほぼ一年前の九月に始まったが、語りたくないと思ったことが何であったにせよ、Xとの関係が着実に降下していることを記録している。

八月三日

母の誕生日である。母について書きえなかった、いやごくわずかしか書けなかったことは、考えてみればふしぎなこと。私が努めて書こうとすると、苦しくなって、彼女の生気溢れる優雅さや、彼女の笑い方や（私たちはよく、涙が頬を伝わるまで笑い合ったものだ）、七〇代に入っても母が保ち続けていたさっそうとした歩きっぷり――実はただ夕飯の魚かなんぞを買うために歩いていたのかもしれないのだけれど、まるで重大な目的地へ急ぐように見えたものだ――などを思い出すことも、それを伝えることもできなくなってしまう。母は私の知る誰よりも人生を慈しみ味わった。それは母のあのもの問いたげな、何一つ見落すまいという、全身全霊をあげての注意力に見ることができた――花に対しても、中国の壺にも、私たちの美しい銀色の猫に対しても、きまりになっていた庭の中でのお茶の時間に向かい合った夫のジョージ・サートンに対しても。人々は暖かい灯りを見るように、彼女に向かったが、母は温かく明晰で、けっして感傷的ではなかった。

227　8月3日　母の誕生日である．

母は政治的には急進的で、はっきりと意見を言い、気短かで激情にも駆られやすかったが、きわめて勇敢だった。一度でも母に会ったことのある人はほとんど、まるで記念すべき事件かなんぞのように、母をまざまざと記憶していた。エレノア・ブレアはよく私にはじめて母に会ったときの思い出話をした。母は花束をもって階段をかけ下り彼女を迎えたのだが、私からその日がエレノアの誕生日ときいていたためだった。また彼女を個人的には知らない人たちでも、しばしば母がベルガートのためにデザインした愛らしい刺しゅう入りのドレスを、大事にたたんで、いつまでもとっておいたものだった。エメラルド・グリーンやオレンジ、ピンク、赤、青などその華やかな色彩は、いまなお輝きを放っている。そしてちょうどそれと同じように、彼女の手紙も大事にとっておかれた……母の死からのここ何年間かに、いくつの小包が私の許に届けられたことだろう！

これらすべては、生涯にわたって不健康と闘い、一度は英国から父と結婚したベルギーへ、次いでそこから一九一六年に亡命者として私たちがやって来たアメリカへと二度にわたって、急激な大移植をされた女性の、人生肯定的な一面である。友人をつくる天才であるにもかかわらず、二度目の移植以後は母の深い慎しみのために、二度と親友のできなかったことが母の悲劇になった。深い井戸から水を飲むために、彼女は英国に帰らなくてはならなかった。アン・ソープはただ一人の例外だった。だから、ベルギーやスイスやフランスと交された長い手紙は、真実彼女の命綱だった。母はアメリカでは終生国外追放者だったのである。

彼女は本質的に贅沢な人間であり、ことに与えることにおいて贅沢だったが、生涯の最後まで赤貧に近いほどの質素に徹した。私の父は金銭にかんしては典型的な中産階級《ブルジョワ》のベルギー人であり、母は何年ものあいだ、父の収入を知らなかった。父は十分であったためしのない月々の生活費を渡していたが、母と金銭について話し合うことはまったくなかった。だから私をキャンプに送り、学校を卒えさせ、偶然彼女が知ることになったフロレンス在住の白系ロシア人の家庭を助けたり、その他多くの必要や贅沢のための金などはすべて、彼女がレッスンをしたり、ベルガートのためにデザインをしたりして得たものだったのである。出発点からして、この結婚においては金が傷口だった。それは毒されてい、また毒をもつ傷口だった。おそらく私があまり金にこだわらなくなったのは（少なくとも父の基準からすれば）、私自身それで苦しまされ、請求書の支払いを思い悩む母の眠れぬ夜々のことを知りすぎていたからではないかと思う。私にいわせれば金というものは食物のように、私を通して流れ、得られるままに費やされ、ふりまかれ、花や本や美しいものに姿を変えられ、創造する人々や困っている人々には贈られるべきものだ。けっしてあるがままのもの以上に——よりよい生活への回答だなどと——考えられてはならないと思う。使われるべきもので、用もなく持っていたのでは意味をなさない。たぶん私は、金について喋りすぎる傾向がある。セックスについてきびしく押さえられて育った結果として、解放されたしるしにきわどい冗談をいう人のように。

熱帯性のじめじめした天気が、いつ終わるとも知れず続いていて、温度は二〇度と二七度のあいだ。湿気を払うために、ものを書くときにも扇風機をつけてなくてはならない。Xがこんな日に来るのは悲しいこと。ゴムボートをもって二人で泳ぎにいけると思っていたのに。私は一人では泳がない。ボートをもって湖へ車を駆るというのは、なかなかの休日気分だ。

なんとなく、しゃきっとしないで、気分がだらけている。近頃の私のものぐさなことはどう！ では休日を楽しんだらよさそうなものを？ 困ったことに、家事ばかりやっていると、私にはまるきり何かを果たしたという充足感がないのだ。家事というものは、これだけしたら完全に〝終わった〟ということがないせいもある。近頃では、自分のほんとうにしたいことに辿り着くまでに、いつでも雑用をすませようと走りぬいている感じがする。

八月四日

パンチが死んだ。物置の傍らのバラの茂みに埋めてやった。

家の中にいてくれる何かが欲しくて〝ファイブ＆テン〟から買って帰った二月のある日から、二年半というもの、パンチはまことに愉快な仲間だった。猫どもがジュディのところで暮らす冬のあいだは、一人でいるには淋しすぎた。パンチのおかげで私は早起きし、彼はカバーをとってもらうと嬉しさのあまりキーキーと声をあげ、窓際に飛んでいったと思うと鳥かごの外にある止まり木に飛んで、私が窓ガラスにつけた鏡に映るわが身をほれぼれと眺めるのだった。

でもここ数週間、パンチの片目にでき物ができていた。四度の獣医通い。腫物が切られるときは、いつでもパンチの鼓動を腕の中に感じながら抱いていてやった。手術のたびに、彼がかならず回復するだろうと思った。だが今朝のあのむごたらしい手術のあとで、パンチは私の運ぶ鳥かごに横たわり、家に帰ったときには死んでいた。

私は今彼を埋葬し、その玩具と鳥かごを屋根裏におさめた。パンチのいた小部屋の一隅がひどく空っぽに見える。パンチの代わりに入ってきた空気はどのくらいだろう。せいぜい私の手ほどのものだ。私が通ると頭をもたげ、夕方のニュースを私が見るときは甘ったるい声で一人言をいい、まったく自足し、愉快でしかも勇敢だった！　はじめて獣医のところに行ったときは、注射のせいで片足が動かなくなり、止まり木に止まれなくなった。パンチは朝中そこに這っていっては落ち、這っていっては落ちた。ミルドレッドと私は、辛抱強く見守ってはいたが、助けてやる術がなかった。しかし、この苦しい努力を二時間半続けたあとで、パンチはようやく成功したのだ！　私がこれほど悲しく感じるのも、むりはないのだろう。私はしょげかえっている。パンチは私に、大きな喜びを与えてくれていたのだ。

Photo by Mort Mace

八月九日

時の流れのこの速さ！　マリオン・ハミルトンが来ているが、忘れないうちに私がちゃんと書いておかないといけないことどもがある。ここ何日か、この季節で最大の事件が起きているのだが、それはワーナー家の人たちが大牧場で干し草作りをしているのだ。最初にやってきたのはガタガタの古いトラックに乗ったヘレンで、干し草機を引きずり、シンプルな木綿服姿がきれいだった。しばらくの後、センター・ポンド道で馬のひずめが聞こえた。バッドが毎日、二頭の農場馬を、たっぷり三マイルはある道のりを駆ってつれてくるのだ。彼は馬たちに合わせて大またに歩き、手綱を強くもつ。だからその効果は、フリーズ装飾を思わせるような行列で、小さな男が二匹の超大な獣の後を、しっかりと歩いている図だ。彼ら、私の友人であるワーナー家の人たちは毎年、荒野と化してしまった土地を、畑の外れの楓の木の並びまで、整然として広々した眺めに戻すために来てくれる。丈高い草の下には、花崗岩が散らばっているので、それは困難で手ぎわのいる仕事なのだ。今年は、スズメ蜂の巣をありがたいことに、まだ馬が一頭刺されたほかは誰も被害を受けていない。今年は、周期的にやってくるスズメ蜂の年になっているらしい。

だが畑をゆきつ戻りつし、馬をたびたび休ませながら最初は大きく刈りこんでゆくこの仕事では、人も獣も完全に和合している。次いでヘレンと、干し草トリオの三人目、ドリスが干し草をかき集めにかかる。彼女は座席に高く坐り、一サイクルが終わるたびにレバーを引くと、大量の刈り草が集められ、落とされる。最初の日の午後の終りまでには、彼らは二台分の刈り草を物置に収めていた。背の高いヘレンが、一トンもあるかに見える草を熊手にのせてふり上げる姿を見るのは、美しかった。

大仕事が一段落したあとでもなお、大がま刈りがある。それは岩や樹々の周りや石壁に沿っての、繊細で正確な切截である。バッドが大がまをふるうのを見ていると飽きることがない。アキノキリン草や〝黒目のスーザン〟、そして丈高の草のでこぼこの列がゆっくりと刈られ、広い整然とした空間が残されてゆく。混沌のなかからいま一度形式が現われてくる緩慢なリズム。花々が刈られてゆくのを見るのはつらいけれど、暑い八月の日々に、息をつける空間をもつことはいちばん大事なことなのだ。

正午に私はアイス・ティーを入れたピッチャーとクッキーを運んでゆく。木陰に立って休息している馬たち、蝿を追う彼らの長い流れるような尾の動き、その傍らで昼食を食べているワーナーの人たちを見るのは壮快だ。

この仕事が機械でされたと考えてみさえすれば、なんという静けさですべてが運ばれているかがよくわかる――静かで、一つ一つの身ぶりが美しい！　私は干し草作りの日々が運んで来るすべてのやさしい音に思いを馳せる――けっして怒りや性急さのために荒げられることのないワーナーの人たちの声。埃っぽい道をゆく馬のひずめの響き。大鎌のささやき。古トラックの車輪のころがり。〝甘美な、とっておきの田舎の風景〟である。死ぬまでに、もう、なかなか見られなくなると思うこうした情景の最後を垣間見られた私は幸運だ。なぜなら、こんなにも質が高く、こんなにも骨の折れる仕事をする技術なり忍耐なり愛情なりを、今日、誰がもっているのだろう？

八月一六日

何週間も、これということを何一つしないでいるのに、独り居の日記を書くなど冗談にもならない。夏はいったいどこへいったのだろう？　二、三日前、変化が起きた。光線に見られるあの変化、秋がついそこまで来ていることを知らせる突然のあの涼しさと清澄さが。たとえば「深紅の皇帝《クリムゾン・エンペラー》」などみごとな少数の百合を除くと、庭には花よりも実が目立つ。ロバート・フロストの詩が思い浮かんで目をさましたが、最後の行がこんなふうに終わる詩だ。

　ぼくは時間にいっさいがっさいくれてやれる
　ぼく自身のためのとっておきだけは別だが。
　うたたね税関吏の目を盗み
　禁止の品を安全に運んだからって、
　わざわざ申告する義務などあるものか？
　ぼくはもうあちらにいるんだから。それに
　手離しかねるものだけは、ちゃっかり
　しまいこんでたというわけさ。

私が今朝がた思い定めたことだけれど、剥奪というものには一種類しかない。そしてそれは、もっとも愛する人に贈り物を捧げられないことだ。Xが私から身を退いているように見えた何か月かのあいだ、いちばん困難だったことは、私が詩を読むのを聴くことが、Xにはたいした意味をもたないらしいと私が感じたことだった。贈り物は内部に向けられ、与えられることが不可能になり、重い負担になるばかりか、時には一種の毒にさえなる。生命の流れが逆流するかのようだ。

マリオン・ハミルトンと私は、充実した一週間を過ごしたが、二つのことなった大きな事件があった。私たちは、一、二年のうちに私が移りたいと思っている家を見に行った。この家を見るのはほんの二回目で、最初は灰色の寒い四月の朝だった。この二度目の訪問は輝かしい夏の日で、暑すぎず、林を出たところから広がる黄金の野原が、きらきらと光り、波打ち、それを貫ぬく草の生えた小道が、鮮やかな青に目もくらむような海へと続く光景に、息をのんだ。なんという広やかさ、なんという壮麗さ！

このときは家に仕事をしに来ている人たちのおかげで、窓はすべて開かれ、家が私たちを歓迎してくれた。空っぽの部屋から部屋へと歩きまわりながら、私は幸福にこの家に住めるだろうと感じ、ことに書斎を三階にきめたことでその気持が強くなった。はじめてのときは、身体を曲げて、くつろぐ場所を求める猫のように、私は隠れ場を探していた。最上階にある板張りの、天井の一部が斜めになった部屋のほか、書斎にふさわしい部屋は見当たらない。

二つ目の行事は楽しいピクニックであり、ヒルズボーン郡の民主党の催しだ。これはアルパイン・グローヴで行なわれ、高いストローブ松のスタンドの下には簡易なテーブルが組まれている。その先は広々とした野原だ。マクガヴァン、バーチ・ベイ、ジャクソンがスピーカーだとアナウンスされた。ローリー・アームストロングを連れていったのだが、私たち三人とも、民主党のやり方に心をうたれた。全体が格式ばらず人間味があり、話し手は壇を使わないで人々のあいだに立ち、テーブルにつづいている人たちの所まで歩いていって話す。テレビに比べると、こうした雰囲気のなかでは、なんとよく真の人間の質を感じとることができることかと驚かされる。

バーチ・ベイが新聞やカメラをとても気にしていて、人気取りのために動物や子供たちに熱心に話しかけているのを見て、私は彼を問題にしないことにした。力強く、ユーモラスで、手加減などしない演説をしたマクガヴァンは、明らかに彼のところに来て訴える人々に耳を傾ける気持ちがあった。彼はほんものと思うけれど、他の二人はそうではない。ジャクソンはケネディの尻尾にのっかっているようなもの。彼は小さく計算高い目をしている。

八月二七日

私はとうとう、ただの疲れだと忘れようとしていたものがウイルスの感染によるものであり、このところ気分がすぐれず怒りっぽかったのは、感冒を癒やすための抗生物質が、同じぐらいの力で気鬱剤としても働いているのだということを認めないわけにゆかなくなった。私は今週という週——何年間かにはじめて客の来ない週——に長いあいだ大いに期待をかけていたので、仕事ができないということで腹を立てた。庭はそこに横たわって私の手を待っている——だが私は外を見る気がしない。しなければならないことが多すぎるのだ。何もかもが伸びすぎ、刈り込まなくてはならない。アヤメは切って株を分けなくてはならない。

野良猫の家族はがつがつと食べている。四匹の子猫はまるで子猫の種類の見本のようなもので（虎、黒、ブチ、マーマレード色）それに母猫だ。冬が来たらいったい彼らはどうなるのだろう？　この場所が私の心の重荷のようになり、ドアを閉ざして、どこか、たとえホテルでもよい、自分で床を掃いたり、食事を得たりすることに責任をもたなくてもよい所へ、ひっそりと逃げ出したい気のする時期である。今日は、ようやく雨もよい。灰色の空が悦ばしい。

昨日はCからすばらしい手紙が来たが、彼女は二か月プロヴァンスの田舎家に一人暮らしをしている。宗教をふくめ、これほど内面的に豊かなCほどの人にして、孤独についてこんな言葉があり、私はむしろ安堵をおぼえた。

大いなる孤独について私が経験したことといえば、その特徴が一定していないということです――時にはそれは私の心を昂ぶらせ、強固にもしますが、ほどなく私は打ちひしがれ、渇き、飢えて、起こりもせぬことを待ち焦がれるようになるのです――それに、ただ、自分だけのためにしなくてはならないことなんて、なんて退屈なことなのでしょう！――なかでも、食事を作り、それを一人で食べる味気なさは格別です！私のひとり暮らしがどの程度のものか、正確にお伝えしましょう。ここ一と月のあいだに、ここに住んでいた農夫の奥さんが、療養所に行ってしまいました。その旦那さんは、ここからずいぶん離れたところで、一日中働いています。私には電話もなければ、車もないのです――丘の麓の親切な隣人が死んでしまったので――それにやはり親切にしてくれていた若いお百姓の夫婦も、何キロか離れた村へ引越してしまいました。私は〝事故のことを考える〟癖がついてしまい、手助けが必要なときには、誰もいないでひとりぼっちなのは確実だろうと思うようになったのです。そんなわけで、私たちの構築するものの脆さを示す例は、どっさりあるわけです。

この手紙は私の心に強く訴えた。私には電話があり、野を一つ越せばやさしいミルドレッドがいるのだが、病気になると見捨てられた気がする。家族をもたない者は、重病ではなくとも病院へ行くべきだと、私はずいぶん前に知ったのだ。だから、短期間でも病臥しなければならないときは、入院しなくてはならない。救援の手などありはしないのだが、事実その通りだと知るたびに、私は驚きにおそわれる。部分的には、病気であるということは、現実の時間となんら関係がないことからきている。読書さえ楽しくなく、TVを見ると目が痛み、寝ているほかは何もできない日がたった一日だけあった……でもその日は、まるで永遠のように感じられたのだった。

Cは八〇歳を超えていて、彼女の描写する孤独は、私がここで経験したものとは比べものにならないほど強烈である。私はいつでも家を出て、どこかにドライブできる。電話もある。ハニエル・ロングが〝われわれの偉大にして脆き街〟についての詩でうたったとおりである。

思い出す　あのつらい日々
ぼくは電話にしがみつき
灯火となって友をよび
遠い灯火のまたたきに
見えもせぬ人の声の音に

考えてみると、夕方のＴＶ番組がなかったら、私はいったいどんなことになるだろう。これは私がただ、現在世界で起こっていることに情熱的な関心を抱いているためだけではなく、一日中たった独りで過ごした後は、人間の顔のある家に入ってくることが、それと同じくらい必要に思えるせいもある。

孤独は挑戦であり、そのなかでバランスを保つことは危険な仕事に違いない。けれど私が忘れてならないのは、私にとっては、孤独な時間なしに人々と、あるいはただ一人の愛する人とさえ、長いこといっしょにいることは、独りでいるよりなお悪いということだ。私は中心を失ってしまう。散り散りばらばらになったような気がする。どのような出会いであれ、それについて思いをこらし、その汁、そのエセンスを抽き出し、その結果自分に真に何が起こったのかを、私はどうしても理解しないではいられない。

マリオンが去ってから、アン・ウッドソンがここに二、三日滞在したが、これは私たちの深まってゆく友情、私たちが共に経験している、緊張のない、滋養にみちた休息にとって、よい試金石だった。アンは彼女の画架を大部屋に据えて絵を描き、私は詩に手を入れた。私たちは食事とポーチでの静かな語らいのために会い、早く床に就いて、私たちがいっしょにいて幸福に充実して暮らせることを証明したのだった。

それは和やかな時間であり、最後の日はメインへドライブし、岩の多い渚ではじめてのピクニックをした。メアリー・リーはロブスターとサラダと酒をもってきた。私はこの先二年間を思い見て無性に嬉しかった。あの家を見るたびに、私はそれをもっと〝手なずけて〟私のものにすることができると感じるのだ。たった一つ私を心配させるのは、この古狸には家がやや壮大すぎることだ。それが私の気風をどの程度変えるかは、経験してみないとわからない。しかし少なくとも（純粋に現世的なレベルで）ネルソンの家にはない、物を置く空間があるのはなんとすばらしいことだろう。でもいうまでもなくそれは、あの黄金色の牧場から広い海へと続くすばらしい眺望ほど大事なことではない。そのことを考えるだけで、私の心はおどる。

八月二九日

嵐のあとで庭に出るってなんて爽快なのだろう！　小ハリケーンの最後尾に見舞われて、七六ミリもの雨が降った。全世界が清潔で新鮮に見える。庭はもちろん被害を受けたけれど、一時間もあればきちんと直せるはず。今朝は家に飾るためにジニアとコスモスを摘んだ。

抗生物質は働いてくれた。体調はよほどよくなった。エネルギーが戻ってきたが、詩を書けるほどにはなってない。でも私は、昨日のランチと夕食、日曜のディナーにやってくる友達など、ローラーコースターのごとき訪問客を楽しんでいる。昨日私は、銀器の手入れさえやってのけた。

ランチにやって来たのは二人の青年だが、その一人とはかなりのあいだ文通していた。ＴとＪは腕いっぱいの花とレコードを抱えてきた。長いお喋りをしたあとで、彼らは私を昼食に連れ出してくれたのだが、これは正直、ありがたかった。火の傍らに坐り、私が食物の世話で気を散らさないで話せたからである。

Jは僧院に入りたがっていて（二人ともカソリックである）ちょうど精神科医を選ぶ話のように、僧院を〝あれこれ物色中〟だという。生活がかかっているのだから、真剣で、リスクのある探究ではある。このハンサムな青年、美しく、聡明だがまだかたまっていないこの青年に接して、瞑想生活への彼の願望のいくばくが、ロマンティシズムあるいは、あり得ることだがナルシシズムからさえきているのではないかと、疑わないわけにゆかない。彼らと話し合ったあとで、私はなぜ修道院というものが、受け入れを厳しくし、留らせることはいっそう困難にしているのかが判ってきた。この天職《しごと》は、それを望む者の意志が真実であると確信できるまで、当人にとってはつらい、長期間の迷いを迷いぬき、あるいはそれに関心を失うようになるまで、厳しくテストされなくてはならない。

私は突っ込んで彼らに、現在アメリカのカトリック信者に起こりつつあるもっとも重要な事件は、聖職者たちが「わたしの兄弟であるこれらのもっとも小さい者のひとりにしたのは、すなわち、わたしにしたのである」というキリストの言葉に従おうと、世の中に出ていっていることだと考えるのはまちがっているかと訊いてみた。いうまでもなく私はシスター・メリー・デイヴィッドや、ネッド・オゴーマン、ドロシー・デイその他多くの人のことなどを考えているのである。しかし、Jは僧侶に、そしてTは哲学者になりたがっている。なぜ私はVIPに知己をたくさんもち、黒のマーキュリーで乗りつけてくる、贅沢な身なりの連中を、いささかでも疑わずにいられないのだろう？ 宗教に携わる人に禁欲的であれと望むのは、疑いもなく、不信心者である私のロマンティシズムに違いない。しかし私は自分をクリスチャンとは呼ばない。なぜなら、自分をキリスト者と呼ぶためには、物質的なものすべてを放棄し文字どおり貧苦の極みにある人、病める人、老いた人あるいは子供たちのなかに出てゆくことを要求されると信ずるからである。最後のふんぎりこそつけなかったけれど、シモーヌ・ヴェーユは私の心には理想に近い人として思い浮かぶ。私はTにジャック・カボーの書いた彼女の伝記を贈ったが、彼がどう考えるか知りたいものだ。彼女は魅力的でなく、ことをなすにあたって、自分のもっている利点という利点はすべて自ら捨ててしまった。そのために彼女は健康をも、その本能的な存在、愛し愛されたいという願望さえも、大いに犠牲にしなくてはならなかった。

Tは他の人に影響を与える力をもつことを証明した人間であり、常に自分を神の道具と考える。これは心をうつとはいえ、どちらかというと無邪気にすぎる……無邪気な自負である。私は、僧侶になることを望んで次々に神学校をたらい回しにされた——それには十分根拠があったにちがいないが——ある男性との友情から、不当に影響されているのかもしれない。それでも、そこにはある種の精神的な尊大さといった危険があるのではないか。この二人の男性は、異なったやり方ではあるが、委員会の仕事をしていても自分たちの考えこそ最善であり、委員たちは十分〝純粋〟でないと考え、妥協を受け入れられないために委員会を去る理想主義的な女性たちを思い出させる。

これに対して、ここ何週間かに幾度となく読み返したユングの言葉を引用したい。ある意味で、それは思索者であることを望んだ人の弁明の書でもある。それは、こうした職業の正当性への道を開くものだ。

自分の投射物をすべて打ち消せるほど勇気のある人間を想像してみると、彼自身の相当に部厚な影を意識した個人が浮かびあがってくる。こうした人間には、新しい問題や葛藤が生まれたのである。彼は彼自身にとっての問題となったのだ。なぜなら彼は今や、他人に向かってこれをせよあれをせよともいえなければ、彼らが間違っているから戦わなくてはならないともいえないからである。彼が住まうのは〝集会の家〟である。こうした人間は、世の中の不正は実は彼自身のなかにあり、彼が自身の影をどう処理するかを学ぶことができるなら、世界に対して、真の意味で貢献したことになるのを知っている。彼は現代の、巨大な未解決の社会問題の少なくとも極小部分をその肩に荷うことに成功したのだ。

九月一一日

一人でいられることがなく、空間をもたない日々が長く続き過ぎたので、煉獄にいるようだ。でも、一方では実にすばらしいことが起こっていたので、その方を喜びたい。二晩前の夜のこと、かなり慌ただしい一日のあと、(一週間ここに滞在している)ジュディと私は、暗くなってから野原に出たが、ここ何週間か見たこともない、輝かしい星月夜に恵まれたのだった。湿気は突然失せていた。銀河は私たちの頭上を横切って流れ、一つの大きな輝かしい惑星が丘の上に立っていた。けれども、もっとも美しいのは木の間隠れに見る星の輝きだった。夏の夜がこれほど澄みわたることは滅多にないので、心に残る光景だった。こんな空は、木の葉が散った後の秋のものだと思っていた。

二か月間ジュディに会えないで暮らしたあと、彼女といっしょにいられたことで、私は深く感動している。ここのところずっと、ジュディが上の空に見え、世間的なことはますます忘れっぽくなっていてさえ、実は静かに、内部で深い自己実現をしているのだとわかり始めてきた。彼女の内側では、ひそやかな強い炎によって、精神が輝いている。そして、引退してからというものある意味では乏しい生活を送ってきたにもかかわらず、ジュディは毎日のように「私は幸運だった」といい、彼女が恵まれてきたものを悦ぶのだ。彼女の背後に、想像力に富み、情愛溢れる親切さという家庭の伝統があるのは事実である。私はジュディの家族のやさしさと、他人の領域にふみこむことなく、思慮深く互いを助け合うやり方に、深くうたれる。単純ないたわりの心がどんなに得難いものになったか、考えてみると空恐ろしいくらい。

私たちはジュディの七三歳の誕生日を今日祝った。私は鶏に詰めものをし、ローリーが晩さんに加わった。ジュディと私は三〇年近い友人なのである。

Photo by Mort Mace

九月一五日

最近さまざまの出会いがあったが、何年も前にバジル・ド・セリンコートの言った言葉が思い出されてしかたがない。「あなた方アメリカ人は、与え過ぎるのです。」私たちは与えるということが実は乞うこと、少なくとも関心を向けて欲しいと頼んでいることに、往々にしてなんと気付かないでいることだろう。私自身こうした間違いをするのは確かなこと。こんな、自己中心的な与え方は、えてして欲求不満や、非難のぶつけ合いにさえ終わりかねない。「これこれのことをしてあげたのだから、それ相応に応えてくれるべきじゃなくて？」つまり「あなたをこんなに私は愛しているのに、あなたはどうして私を愛せないの？」ということになる。近ごろ私は、姿を消して名前を変え、誰も私のことを知らないし気にもかけない所に住みつくことばかりを夢見るときがあるようになった。自分の必要を私の上に投げかける人について知り過ぎているから悩むのだ（それはよく、会ったこともないのに私を親友と考え、私が彼らを心にかけるのは当然と信じて、彼らの人生を私に浴びせかけてくる人たちであることが多いのだが）。私自身、同様の立場にいたのだから、私もまた、与えすぎなのだ。私は、同情と罪悪感から、人のことを心にかけるという幻想を創り出しているのだが――それは事態をいっそう悪くするだけだ。なぜなら、そこから例のツケがまわってくるから――あの痛烈な疑問が。「私をあなたの人生に踏み込ませるおつもりがないなら、なぜいったいお返事を下さったのですか？」

何年も前、ヴァージニア・ウルフの自殺後、私はまざまざとした夢を見た。そのなかで彼女は田舎町の通りを、その人と認められることもなく、知られることもなく歩いていたのだが、どういうわけか彼女が姿を隠し、有名人としてではなく、もう一度出発しなくてはならないと決心していたことが私には推察できたのだった。

昨夜私は、二五年経たいま『歳月にかける橋』〔The Bridge of Years. メイ・サートンの作品〕がどんな感じのものかと、ページをめくってみた。思ったほど悪くはない、今ではあんな書き方はしないとは思うけれど。私は文体を切りつめるようになった。最近書くものは、それほど明らさまに〝詩的〟ではない。ポールの次の言葉に私はうたれた。「一人の人間をよく愛することを学ぶには――十分の距離をおき、十分の謙虚さと彼が考えたことに思いをいたし――長い時間が、生涯が必要です。」

昨日ジュディと私は、このところまったく厄介になってきたZに関連し、まさにこの問題について話し合った。ひょっとすると私たちが自分以外のある人に与えることのできる最大の贈り物は無執着なのかもしれない。執着は、その主体が無私であってさえ、他の人間にいくばくかの負担を与える。負担にならぬような、軽い、空気のようなやり方で、どうやって人を愛することができるのだろう？

ジャン・ドミニクは生涯の最後にそれを果たし、イディス・ケネディは何年も前、彼女がさまざまの友人と、彼女が彼らのあいだによびさました情熱的な執着心を扱う方法を通してこの難しい技術をそれとなく教えてくれた。

　私が扱いかね、望みもしない情熱を人に抱かせることは私の欠点なのだろうか？　バジルは正しいのかもしれない。私は間違ったやり方で多くを与えすぎるのかもしれない。でも部分的にはそれは、私があまりにもしばしば、必要を経験したからでもある――私が愛する人たちは、私が求めるものを与えようともしなかったし、できもしなかった。その結果私は、いつでも手紙に返事をするように、一種の決心をしたのだ。

　レベッカ・ウェストはいう。「確かに一人の人間のなかには、ひもじい無一物の宿なし《アウトキャスト》と、彼が食物や着物や屋根を与えることのできる対象をもたなくてはみじめな存在、つまり博愛の権化の両方が存在し、これら二者は互いに仕え合うことができない。そのルールが、事態をいっそう難しくしている。つまりこの二者は、みずからの外にそれぞれが仕えることのできる他者を見出さなくてはならない。そして、その他者のなかの博愛の権化にならば、彼のなかのアウトキャストは、バラを捧げることができるのだ。またその他者のなかのアウトキャストに、彼のなかの博愛の化身は、あわれみを垂れることができるのだ。」

　これらすべての〝愛人たち〟のもたらす奇妙な効果は、私をより豊かにするどころか、貧しく、意地悪にさせ、その結果私はあの子供っぽい疑問を口走ってしまうことになる。「もう十分あげたでしよ。もう私が仕事に戻れるように放っておいてくれてもいいでしょう?」欲求不満が私のなかで成長し、ついに私は情け容赦もなく怒りを爆発させて、私がしたことがなんであれ、めちゃめちゃに破壊してしまう。

私の友人の一人に精神分析医がいるが、私はその人のなかに一種受け身の、待つ姿勢を見る。開放的でなく、内にこもり、自分をさらけ出すということがない。たんに感情を受けとめる器である。私は彼女が話を聴くとき、ひざの上に手が静かにおかれているのを見ることができる。

九月一六日

私はいまだにZの一件で気持ちをさんざん乱されていて、頭から追い払うことができないでいる。私自身の経験からいえるのだけれど、一人の人物をめぐって空想がいったん結晶してしまうと(スタンダール風のイメージを使うなら)、それは既成事実になってしまう。そうなると、ごくわずかの反応さえあれば想像力はみずからを支えて発展し、それを強烈に感じている人間にとって、その報酬はまことに大きい。そうだとしたら、自分に可能なものを与えてどこがいけないのだろう?

私はZと三年間に三度会った。けれど距離をおき、彼女の詩才を破壊することのない詩神として、彼女をできるだけ力づけようとした。しかし思うに、彼女の才能が疑われてきたのである。彼女の詩を読むと、私自身のこだまが帰ってくるような、私自身が書いたのではないかというような不気味な気分になってくる。そんなことがあって私は、びっしりと行を埋めたお喋りが溢れ出てつきることを知らない何枚もの手紙のなかで、彼女自身について飽くことなく語る、要求の強いこの女性に、私自身のグロテスクな漫画像として会うことになったのだ。私の欠点もまた、過剰にある。私自身も、自分の求めているものが何かを知らぬまま感情の上の要求をしてきた。私もまた、誰かの関心を求めているときに自分が何かを与えていると錯覚していた。そして私はそのことを意識しているからこそ、親切であると同時に、私の生活のなかに求めもしなかった誰かが君臨すること、そしていやおうなしにその存在を押しつけてくること、最後に、その存在のなかに拡大され歪められている私自身の欠点と直面しなくてはならないための嫌悪感が生まれることを、常に警戒もしていれば、動揺もするのである。自己表現に巧みなほど、言葉はより危険になる。真実を伝えるためには、できるだけ正確で慎重でなくてはならない。けれど私よりよほど年少のZは、この規律をまだ習っていない。彼女の言葉は溢れ出るが、その効果はといえば、まだ形にもならないうちに実を結んでしまった豊潤な花のようで、豊かさよりも、浪費の印象を与えてしまう。

何年も前、似たような問題のために短期間通ったある精神科医がいった言葉に私が悩まされているのはいうまでもない。ブレッドローフの作家会議で教えていた私を見た彼女はこういったのだ。「人はあなたになりたいと思い、なれないと悟ったときにはあなたを殺すのです」と。

ごく非合理的な意味で私はZを怖れている。私は彼女を私の人生に導き入れることができないのだが、離れていてさえ、彼女は私が実は与えなくともよい私の時間とエネルギーに食いこんでくるから怖いのだ。いったいどういう結果になることやら。

散漫な、中心を失った夏のあと、私は自分の中枢に戻り仕事を始めなくてはならないことを知っている。でなければ私は詰めこまれすぎて可動しない塵芥処理機《ディスポーザー》のような気がし始める。その物理的な症候は、この機械、つまり私自身のなかに感じる嘔吐感である。私はなかに入れて消化するよう求められると、吐き気を催す。

最近ではこういった気持ちの背景にZがいる。前方にいるのは野良猫である。彼女には生まれて数週間の愛らしい四匹の子猫がいるのだけれど、またもや妊娠しているのだ。私は彼女を摑えることはおろか、さわることも、近付くこともできない。だから庭のしげみの下に、ミルクと食物の皿を彼女の全家族のために出しておいてやった。でも二か月もすれば子猫がまた生まれてくるだろうが、それまでにはこの四匹はほとんど大人になり、子供を生み始めるだろう。ある夜私は、際限なく増えてゆく何百匹もの猫や子猫の夢を見て目がさめた……夢魔である。困難でも決断をしなければならず、ヒューマン・ソサエティに電話をした。彼らは五日前にやってきて、オレンジ色の雄の子猫を一匹どうやら摑えたものの、野性的な母親の方はむろん、すっとんで逃げ去ってしまった。やってきた親切な男性にこの苦労を話すと、彼は私が大きな檻をポーチにおいておき、猫どもがその中に入って食べるよう馴らすのがよいという。そしてある不運な朝、私がその戸口を閉ざし、彼に連れにきてくれるよう電話をするという筋書きである。その後毎朝、運命の日の近付くことを感じながら私は五時に目をさまし、とうとう一度は一族郎党を檻の中へ入れることができた。けれども不運なことに、かの男性はその日非番であり、私は戸口を閉ざさないで彼らを放してやるほかなかった。だからまったく一からやり直しである。昨日野良猫は恐ろしい様子で私を見た。彼女の唇は、恐怖のために半ば吊り上がっていた。冬の間中、私は彼女の動じない、魅了された目付きでみつめられていた。冬中、私たちのあいだで信頼が築かれてきていたのだ。そして今、私はそれを裏切らなくてはならない。彼女はとてもひもじく、オレンジ猫ととうとう檻に入ったので、私はす早く戸口をぴしゃりと閉めてしまった。

彼女と子猫は、恐怖にふるえ、屋根から床まで身体をばたばたさせて逆らった。私はなすすべもなく、家の中に逃げ帰った。ヒューマン・ソサエティに電話をすると、かの男性が一時間以内に来てくれ、猫たちを連れ去った。こんなことをしてしまって、どうして生きてゆけばよいのだろう？　どうしてもしなくてはならないことではあった。でも私は、死ぬまで、どこかにそれを埋めて、私の内にもち続けることだろう。私は、私を信頼した動物を裏切ったのだから。

私は野良猫を一生忘れないだろうが、あのやさしい男性の親切をもけっして忘れないだろう。彼は私がいかに動揺しているかを見、完全な威厳と誠実さで私を安心させようとしてくれた。彼は私に、母猫は長く苦しまないで終わるだろうこと、子猫をもらってくれる家庭があるか探す約束をしたのだ。

私はこんな辛い思いを二度とくり返せないので、残りの三匹の子猫は手なずけ、時が来たら去勢するつもりである。名前もつけてやった――黒いのはピエロット、ぶちの子はブランブル、虎猫はベルーガズーと。冬までには、彼らは私のベッドに来て寝るようになるかもしれない。

九月三〇日

大いなる秋の光が始まり、内部の世界が変化するこの時期、私は沈黙を守っていた。すべてを枯らすひどい霜はまだおりないが、ふた朝は目覚めたとき銀色の牧場を見た。摘み花の花壇が家屋に近く、保護されているので、まだジニアやコスモスを摘むことができる。もっとも、家に入れると早く枯れてはしまうのだけれど。いまいちばんみごとなのはオータム・クロッカス。藤色のアスターを上手《かみて》に、前方のボーダー沿いに絢爛と咲いている。この美しい一むらがなければ、庭は惨澹たるものだろう。花崗岩の石段の傍らにある雪の下の群れとともに、四月から次々に登場して咲いていった花々も、ようやくほとんど終りになった。けれどいうまでもなく今では光は、花壇の縁《ふち》の花々から、上方の木の葉にと移ってゆく――ブナの木のサフランがかった黄色、楓の濃い赤とオレンジ、塊りになって透明な、色彩の波また波は、輝かしい青空を背景にしたステンドグラスのような日々である。

夏中私は、緩慢に私のなかで熟しつつあった、Xと別れるべきだという決断を、延ばし延ばしにしてきていた。この日記はほぼ一年前、私が気分的に沈みこんでいて、危険でしかも破壊的な怒りをもてあまし、自己検討が変化をもたらす助けになるのではないかという希望をもって書き始めた。私は自分を抑制するために大いに努力をし、何度かは成功もした。けれどもXと私のあいだには解決できない問題がある。それは気質のちがいだけではなく、根本的な価値観、人生へのビジョンのちがいである。二人とも六〇歳近いのだから、職業柄性格に歪みを来たしていることもありうる。それは個人としての私たちのもう一面での力なのだけれど。怒りの理由は往々にして子供じみていたり、とるに足りぬことなのだが、それは互いを失望させたということで、私たちを戸惑わせた。現実には二人のいずれも、必要な忍耐を示すことなぞできなかったのだ。そんなことと情熱的な愛には何の関係もない。最初の一年はそれで十分であり、口にできぬほどすばらしく実り豊かだった。しかしそこには、別の次元で互いを理解するための土台になるものがなく、そのための時間もなかった。ついに、私たちが、相手に最善の自分を与えることができなくなったのは不幸なことだった。二人ともそれぞれ、攻撃され、誤解されていると感じるようになった。私たちは互いに虐待し合ったのだ。

別れを告げて直後は、解放感があった。でも二、三日たつとほんとうに病気になってしまった。血液か何かのように中枢にあるものが私のなかから流れ出しているようだった。そして嘔吐と……涙。

今の私には、長いあいだあまりに心を奪われかつ痛めつけられていたために機能できなかった、深部の自己に回帰しつつあるという感じがある。そしてその感覚は私が独りで生きるべく生まれていること、他の人のために詩を書くよう定められていることを告げるのだ――私の生涯、ほとんど心を届かせることのできなかったただ一人のために、書いてきた詩を。

昨日私はノートン社に『燃えつきぬ火』の原稿を送った。これらの本を書き始めたとき、私は六〇歳の誕生日を、悦びの書、成就と幸福の本で祝おうと思った。けれど最後に読み返したとき、これは悲しみの本であり、別れの種子ははじめから存在していたことを知った。詩というものがきわめて神秘的であり、作品は詩人よりも成熟してい、常に成長を告げるメッセンジャーであることが、ここによく表われている。

だからおそらく私たちは、現在自分のいるところから、これからなるであろう自分に向かって書くのだろう。だからあの本は、私が想像したものより劣るかもしれないし、優るかもしれない。けれども、Xが私に与えてくれたすべてなしにあの本は存在しなかったし、もっといえば、私たち二人のあいだに欠けていたものなしには存在しなかった。

今日はここ何週間かぶりの〝ネルソン日〟である。私が家にこもり、机に向かって穏やかに仕事ができ、約束が立ちはだかってもいない日。仕事のあとは休息をし、午後には庭仕事のできる日。いま一度、家と私は独りになった。

訳者のあとがき

I

メイ・サートンは、アメリカの文学界に特異な地位をしめる詩人・小説家であり、かつ、日記や自伝的回想記の作者である。二六歳で最初の詩集『四月の出会い』を発表してから七九歳の今日までに、じつに一四冊の詩集、一九冊の小説、一二冊のノンフィクションを出版している。メイン州ヨークの、海を見晴らす美しい家での、瞑想と思索の生活からは、今もなお、みずみずしい作品が生み出されている。

メイ・サートンは、一九一二年、ベルギーに生まれた。四歳のとき、ベルギー人の父、英国人の母と共にアメリカに亡命、マサチューセッツ州のケンブリッジで成人した。父、ジョージ・サートンは高名な科学史の学究であり、ハーヴァードで教えた。母は画をかき、デザイナーとして父を助けた芸術家であった。

ケンブリッジのシェイディ・ヒル・スクールからボストンの高校を卒業した彼女は、大学に行くかわりに、一七歳でエヴァ・ル・ギャリエンの主宰する劇団に入った。劇場の魅力にとらえられ、自分自身の劇団をもつようになるが、結局それに失敗する。最初の詩集以後は、著述家として生きる決意を固めた。

幼時から、両親の故郷ヨーロッパで夏を過ごし、高校時代と一九歳当時の各一年間をパリで過ごしたサートンにとって、その後もたびたび訪れたヨーロッパは、感性の故郷でもあった。最初の小説『シングル・ハウンド』を書いた頃から彼女は、イギリスではヴァージニア・ウルフ、ジュリアン・ハクスレー、エリザベス・ボウエン、ベルギーではジャン・ドミニクなど、文学者らの交友に恵まれる。一部は本書『独り居の日記』にも書かれていて、きわめて興味深い。その後はニューイングランドに戻り、今日まで創作を続けている。

今日、サートンは「アメリカ文学の国宝」(エリカ・ジョング)「現代の偉大な精神の一人」(ヴァレリー・マイナー)「現代のソーロー」(ジョージ・ベイリン)とよばれ、あるいは「人気作家」とさえ目されて、青年から老年まで、広い読者層の支持を受けるようになった。また『独り居の日記』『夢見つつ深く植えよ』『今かくあれども』ほかの作品は、いくつかの大学でテキストとして使われ、卒論のテーマにする学生も少なくない。老年のサートンは、応じきれない読者からの反響に、悲鳴さえあげている。

しかし、初期の作品の成功にもかかわらず、この時流を離れた、アウトサイダー作家の道程はきわめてきびしかった。つねに彼女の魂に感応したごく少数の批評家と、限られた読者を除いて、陽のあたらぬ時代が不当に長かったのである。五五歳までは著述で自立できなかったというサートンは、創作のかたわら、ハーヴァード、ウエルズレイほか二、三の大学で教え、また全米で詩の朗読をすることで生活を支えていた。

サートン自身も認めているとおり、近年のウーマンリヴの波の高まりが女性による文学を発掘させたことが、確かに、このすぐれた作家を再発見させる契機のひとつになったらしい。批評家ジョージ・ベイリンが「ここには何でもある!」と驚嘆したサートンの世界が、『独り居の日記』をはじめとして日本の読者に届けられることは、翻訳者にとっては大きな喜びである。サートンによって世界を見る新鮮な目を与えられ、生きる勇気を与えられるに違いない多数の読者の存在することを、筆者は確信しているからである。

本書『独り居の日記』は、一九七三年に発表されたはじめてのジャーナルであり、五八歳のサートンの一年間の日記である。サートンの作品の長い系譜のなかでは、二八、九冊目にあたる。またこの日記のあと今日までに、少なくとも一六冊の作品が生み出された。その創造力の持続性に驚かない読者は少ないだろう。

『独り居の日記』が書かれたいきさつを説明するには、少しさかのぼる必要がある。

一九六〇年代の前半、サートンは詩集『雲、岩、太陽、つるくさ』の書評への失望、愛の終り、父親の死と、相次ぐ打撃を受けて失意の底にあった。孤児となり、文学的なキャリアの上では失敗者だと感じた彼女は、親と共に暮らした家を畳んだあと、世間の思惑を忘れ、ひたすら自分の内部を見つめることで新しい出発をしようと決意する。まったく未知の土地ニューハンプシャーの片田舎ネルソンに、三〇エーカーの敷地をもつ一八世紀の老屋を買ったのはそんなわけだった。

小説『ミセス・スティーヴンズは人魚の歌を聞く』は、ネルソン移住直後に書き始められたらしい（『メイ・サートンの平穏な日々』による）。このなかではじめて同性愛を表白したサートンは、たちまちウェルズレイほか大学の職を追われる。

しかし、ネルソンの自然が、サートンを救った。家と庭は一日一日と手なずけられ、魂がこめられてゆき、創造と憩いのねぐらになる。アウトサイダーの孤立感は、孤独のなかで栄養を与えられ、充実した日々を生きる喜びに変ってゆく。

それは中年を過ぎた独身の女性が、まったく未知の土地に家をかまえ、独立した生活を切り拓いてゆくという、世間の常識に反した冒険であった。同時にそれは、庭作りと思索、サートンの詩「六〇歳のゲシュタルト」で歌われたように「イェイツ、ヴァレリー、モーツァルト、リルケ」が訪れ、音楽と花々と小鳥の声にあふれた、芸術作品そのもののような生活づくりでもあった。

その経験は、『夢みつつ深く植えよ』にじつに美しく描かれている。この本によってサートンは、詩や小説の読者を超え、サートンの創造した世界と、生をそのエッセンスにおいて生きているかに見える彼女の生き方に共鳴する新しい読者層を得た。サートンはその支持を喜ばないわけにゆかない。しかし、読者からの反響が増えるにしたがい、この作品が作りあげたらしい「サートン神話」の虚構に気付き、次第に居心地が悪くなってくる。

『夢みつつ深く植えよ』のおかげで、庭仕事をする友人がたくさんできた。けれど私はこの本が真実を伝えていないことに気付き始めている。ここでの生活にまつわる懊悩と怒りには、ほとんどふれられていないからだ。今こそ私は壁をつき破り、そのごつごつした深部・基盤そのものにまで触れたい。

冒頭近くに述べられたこの言葉が示すような意図で『独り居の日記』は始められたのである。

「ここでの生活にまつわる懊悩」には、まずサートンにとって詩神であった愛人との、降下しつつある関係への苦痛があった。また、作品が正当に評価されないと感じる成熟した作家の、批評家への失望や怒り、時として統御できなくなる「まるでてんかん病みのような」みずからの気質への反省もあった。また同時にそこには、壮烈な、肉体的精神的な孤立感――私は時として、孤絶が作り出す流砂の中に吸い込まれてゆくような気がする――もあった。だからこの日記には、扱いかねるほどふんだんな感情に恵まれたこの詩人の、一人で生きるという真空の中でいやでも増幅された激情の発作や、後悔の苦しみや、狼狽や不安や、挫折感や怒りの不協和音が、それなしには牧歌的な秩序と美の世界にあえて導入される。それはこの作家を特徴づけている自己探究の書であり、ネルソンに築きあげた小宇宙をつき崩すことで、サートンは新しい跳躍を自分に強いたのである。

『独り居の日記』のなかにも登場する作家であり、批評家であるキャロリン・ハイルブランは、自著『女の書く自伝』のなかでサートンのこの動機にふれ、『独り居の日記』を、女性の自伝文学における一つの分水嶺と呼んでいる。

〔『夢みつつ深く植えよ』のなかで〕サートンは意識して苛ら立ちや怒りを隠そうとしたのではなかった。それまでの、女性による自叙伝の伝統に従ったまでなのだ……。

私が『独り居の日記』を分水嶺とよぶのは、それまでに正直な自叙伝が書かれなかったためではなく、サートンがここでは、わざわざ、怒りについて述べている点にある。なぜならすべての禁忌のなかでも、女にとって最大のタブーは、権力に対する願望と、自分の人生を自分で統制したいという願望と同時に、女が怒りをもつことを、公然と認めることだったのである。――キャロリン・ハイルブラン

『独り居の日記』は、生活者サートンと芸術家サートンの精神と肉体の生活の記録であり、時にはその調和が、時にはその葛藤が語られる。だから、時のふるいで美化された回想記や、彫琢された詩や小説にない欠点もあれば、新鮮さもある。また、永遠なるものに思いをひそめるサートンの高邁と、生活の不便をかこつ卑小な瞬間のサートンのミックスでもあり、人間サートンの素顔が親しく伝わってくる。話題は、自然界、芸術、愛、フェミニズム、同性愛、老年、生と死、友情、政治、社会問題など、詩人の生涯の関心事のほとんどにおよんでいる。

しかし、『独り居の日記』に反復されるもっとも重要なテーマは孤独である。孤立に伴う懊悩はないわけではない。しかし、サートンが本書で多くを語るのはむしろ、内面を充実させる、創造の時空としての孤独である。

さらに、自分を発見させ、自己と他者とを真のコミュニオンに導くものとしての孤独が語られるのであり、「孤独」という日本語のもつ、感傷的なニュアンスからはほど遠い。

隣り合った独房に入れられた二人の囚人は、壁を叩いてコミュニケートする。壁は二人を隔てると同時に、二人の心を伝え合う役目も果す。——シモーヌ・ヴェーユ

ネルソンという美しい独房からのサートンの呼びかけは、距離こそ離れていてもそれぞれの「独房」に閉じこめられた、数多くの読者の心に届いたが、これからも届き続けることだろう。

II

人は地上にある生涯のすべてを通してみずからの霊魂をつくる。そして同時に彼は、彼の個人的業績を無限に超越すると共に、それを狭くも規定するもうひとつの仕事、もうひとつの作品、すなわち世界の完成という共同作業に加わるのである。——テイヤール・ド・シャルダン（『神のくに』）

サートンは続ける。——われわれは、霊魂を創造していると信じられるとき、はじめて、人生に意味を見出すことができる。しかしそれをいったん信じたなら——私はそう信じるし、つねにそう信じてきたのだが——私たちの行為で意味をもたぬものはないし、私たちの苦しみで、創造の種子を宿さぬものはない……。

ここには、サートンの人生観が凝縮されている。サートンの全生涯を通しての自己探究の究極の目的は、霊魂

の創造であった。この場合の霊魂とは、自己を超えた自己と呼んでよいかもしれない。それは創造する自己であり、大宇宙の微小な塵にひとしい一人の人間を「永遠」につなぐ何かである。

ここにごく初期の詩がある。「仕事につく前の祈り」と題されている。

偉大なるもの　厳しきものよ
はるかなる星の軌道《わだち》を
定めるものよ
いまこそ　わが精神《たましい》を
飛翔せしめたまえ
かの星々の自在をわれにあたえたまえ

慰むるすべをも知らぬ
声もなき歎きのうちに
われはきく澄みし楽の音
魂《たま》を裂く横笛の響き
乞うわれにかの遠き音色を
とらえさせたまえ

厳しきもの　大いなるものよ

頽れたる胸のうちより
とことわの歌のなさけを
今もなお恵みたもうや
おぼろなるその言の葉に
形をこそあたえさせたまえ

サートンが飛翔しようとしているのは「遠い星々の高み」であり、とらえようとしているのは、おそらく地上を離れた世界からきこえる「魂を裂く横笛の響き」である。天上の声に価しない自分を道具として、なおあの音楽をとらえさせていただけるかと、伏して訊いているのである。サートンが創造しようとしている自己とは、その天来の音色をとらえ得る自分なのである。原詩のリズムやフォームをそのまま生かして、この祈りの無量の重さをお伝えできたらと、訳者はもどかしく思う。

ジョージ・ベイリンは、サートンの最初の詩集から歴然としていたその精神のたたずまいを、別の言葉で語っている。

…………
得がたいためにいっそう晴れがましい
わがほまれとは
このことに身を捧げること

愛するがゆえに
たった一人のために書くことなのです
悲しみにぬれるためではなく
うたかたにも似た歌草を
絶望の流砂の上に
書くのだと信じることなのです
やがては
なべての人の安らげる家を建てるために

——ジェイムズ・ステファンズへの手紙、メイ・サートン

傍点は筆者〔ジョージ・ベイリン〕のものだが、その魔術はサートンのものだ。なんという大胆！　なんという至高の狂気！　なんというユートピアンだ！　これはまさに、子供だけにしかない無垢と力ではないか？　そしてメイ・サートンは……何よりも永遠の子供なのだ……彼女が永い青春のただなかにあるのもむりはない！　……

　サートンが果たそうとしているのは、いまの瞬間、この地上にあるものが、地上を超えた芳香と色彩で花開くであろう、彼女自身の庭を作ることなのである……まるでプロメテウスの再来だ！　しかもサートンは神話中の人物ではない。神話を実際に生きる、つまり天上にあるものを肉体で表現しようとしているのだ。彼女の偉大さの多くは、少なくともこの筆者にとっては、ここから生まれてくる。……そして偉大なものが彼女のなかにあること、しかも豊富にあることは疑いもない。なんという勇気！　なんという繊細さだ！

ジョージ・ベイリンは、サートンの真髄をいいあてているかにみえる。詩人のこの壮大な野心、永遠のヴィジョンへの希求こそ、そしてその実現を信じる「子供の無垢」こそ、彼女を数多の詩人や作家から孤立させ、しかも同時に、どこかでその魂を人間の普遍に近づけたと、この訳者は考える。

サートンがきわめて宗教的な人であることはすでに見た。しかしここでも彼女は「いずれの派にも属さず、どの教会にもゆかない」既成宗教のアウトサイダーである。

事実、キリスト教世界に限定されない彼女の広い意味での宗教性は、ある年齢を過ぎると家門を捨てて瞑想生活に入ったという古代ヒンズー教徒へのあこがれや仏教への親近感、あるいはアメリカ・インディアンの踊りを歌った次の詩にも見られる。

見ましたか　インディアンたちの
みごとなスローテンポの踊りを
その足は雲に向かって　答を請うことができ
その足は水牛の亡霊と言葉を交すことも
まだ角のやわらかい鹿たちと
虹の追憶を語ることさえできる。

ききましたか?

あの太鼓の音を　大河の歌を
遠くからあの厳粛な踊りを見にきたのですか
あの歌があなたを解き放つとも
あの踊りがあなたを癒やすとも
あなた自身の誕生を目《ま》の辺りにするとも
知らないで？

宇宙との融和のなかに人間を見ようとするサートンの哲学は、東洋思想に通ずるものがある。『独り居の日記』にもふんだんに語られる季節の移ろいや自然の美への驚きは、日本の読者にはごく身近に感じられる。事実日本は、この詩人の心の住家の一つであり、六〇年代に日本を訪れたサートンは、いくつかの美しい詩を残している。そのひとつ「子供心の日本」では、はじめての日本への空の旅にあって、広重や仏像に日本を夢みた子供時代が回想される。

家族がアメリカをふるさとと
呼ぶようになるその以前《むかし》
流浪の日々の話です
幼な心の胸ふかく
聖なるお方と見えたのは
お若く美しい弘法大師

蓮《はちす》のうてなにお坐りで
くすんだ金の背光が
お像を照らしておりました
そのお姿は今もなお
私のまぶたにうかびます

…………

ケンブリッジに降る雨は
日本の雨と見えました
黒い梢に積む雪に
日本の雪を恋いました

…………

お里帰りの旅なのです
離《わか》れた身内に会うための
知っているようで知らぬような
ふしぎな魅惑の国さして

詩はサートンの本領であり、意志の力を超えてどこからかやってきて、内部から彼女をつきあげるという。詩について彼女にできることは、前ぶれもなく、往々にして全体の形がまとまってやってくるこの神秘のために、心の回路を開いておくことだけだと、サートンは語っている。孤独がその欠かせない産褥であることはいうまでもない。

サートンは天上を希求する地上の人であり、精神の探険者であると同時に、肉体の探険者でもある。だから、美しい恋の詩も、官能の詩もある。しかし、サートンの詩の世界を数ページで語りつくすことは誰にもできないだろう。ここでは、サートンのもうひとつの大きな業績である小説の世界に簡単にふれてこの稿を終えることにしたい。

「詩も小説もジャーナルも、ひとつの全体として見られるようになることを希望する」と、サートンが自分に手向けた碑文に書いたように、彼女の全作品は、魂の創造というひとつの目的に向かっての供物であった。ただ、詩とちがって、小説は意志の仕事であり、「自分がどう考えたかを知るために書いた」とサートンがいうだけに、詩やジャーナルに現われるテーマが、小説では深く掘り下げられている。

たとえば、パーリー・コールとの友情はすでに『夢みつつ深く植えよ』のなかでも愛情をこめて描かれたが、『独り居の日記』に語られた、彼の孤独な死にまつわるサートンの憤りは『今かくあれども』のなかで爆発する。肉体の機能こそ衰えても、凛とした精神をもち続けていた友人が、老人ホームに収容され、非人間的な扱いのために、一日ごとにその尊厳を侵蝕されてゆく。最後まで人間であろうとする老人と、同じ立場にあるホームの友人との必死の抵抗。文明社会の姥捨山を老人の目で直視した、いわば老人の人権宣言であると同時に、乾いた皮膚の下に脈うっている彼らの人間的な接触への渇望、理解されることの少ない老年の心理を抉り出して生なましい。老人ホームを、老人の強制収容所《ナチ・コンセントレーション・キャンプ》と主人公によばせたこの作品は、現代社会への痛烈な告訴状でもある。老年、生と死は、この作家にとって終生のテーマであった。

『総決算のとき』は、癌を宣告され、余命を半年と悟った編集者ラウラの、一生の評定である。「人は明日死ぬ覚悟で今日を生きるべきだ」という、サートンの人生への基本的な信念をテーマにした、みごとな作品であり、サートン自身を含め、彼女の最良の作品とみなす人が多い。

『ミセス・スティーヴンズは人魚の歌を聞く』は、サートンがインタビューのなかで自分にとってもっとも重要な作品とよんでいたと思う。すでに述べたように、彼女は同性愛を、はじめてこの作品で明るみに出した。女であり、芸術家であることの意味が問われ、女にとっての創造の源泉が探られる。また人間の愛の諸相、その複雑さの考察、自分自身であるための勇気が語られる。サートンにとってはまさに新しい勇気の書であり、当時彼女は大きな代価を払ったが、長い目で見ると、より多くの読者を彼女にもたらした。レズビアンのレッテルで規定してしまうにはサートンは大きすぎたのである。

また小説『怒り』のなかでは、男と女の怒りと愛の表現のちがいが探られているし、『独り居の日記』に出てくる友人アン・ソープは『すばらしきオールドミス』の主人公として、長く記憶されるだろう。アカデミックな世界での愛や抑圧された感情を描いた『小部屋』、マサチューセッツの山奥の避暑地のコミュニティを背景にした、老年の夫婦の愛の成熟と女同士の友情を描いた『愛のかたち』も、共にきわめてすぐれた作品である。

サートンのドラマは感情のドラマであり、外面的にはほとんどこれといった事件が起こらない場合が多い。しかし繊細な感情のあらゆるひだに光があてられ、驚くほど明確にされる。一作一作が、新しい境地を開拓していて、読み始めると本をおけなくなる。詩だけではなく、サートンは小説においてもなかなかのマエストロなのである。

『独り居の日記』の出版された一九七三年、サートンは築きあげたネルソンの城を捨て、さらに人里離れた海辺の家に移る。潮騒に心を静められて、サートンはかつてなかった幸福感にみたされるが、同時に、創造の霊感を失ってしまう。ふたたびものを書くことは不可能ではないか、転居は決定的な間違いではなかったかと危惧もした二年近くの後に、この不死鳥はよみがえる。サートンが最良の詩集とよぶ『沈黙への道半ば』も、それ以後の『メインからの便り』も『今は沈黙こそ』もここで生まれた。小説では『総決算のとき』『怒り』『ハリエット・ハットフィールドの教育』が、またノンフィクションでは『海辺の家』『回復まで』『七〇歳の日記』『書くことについて』『メイ・サートンの自画像』『発作のあとで』が書かれているのである。また『ゲームの終り――七九歳のジャーナル』は近日中に出版されるときく。

また、海辺の家への転居と前後して、サートンの作品にふさわしい評価が定着し始め、好むと好まざるとにかかわらず、サートンの身辺は多忙になる。したがって『独り居の日記』は、詩人の目が強烈に内部に向けられていた時代に書かれたものであり、その意味でも、サートンの紹介書として最良の作品の一つであろう。この本を機会に、サートンの全貌が理解されるよう、意欲的な出版が続けられることを、サートンの礼讃者の一人として、筆者は心から願っている。

サートンはある時「年をとるのは素晴らしいことです」と語って聴衆を驚かせた。理由をきかれて「今までの生涯で、いちばん自分らしくいられるからです」と答えている（『七〇歳の日記』）。

サートンはまた、「人が死を怖れるのは、ひとつにはその準備ができていないからです」と述べた。サートンにとって死は最終的な創造の行為であり、彼女は生涯にわたり、そのための“Reckoning”を、全作品を通して重ねてきたといえる。

たとえ私の創造の力が衰えても
孤独は私を支えてくれるでしょう
孤独に向かって生きてゆくことは
「終り」に向かって
生きてゆくことなのですから

まもなく八〇歳を迎えようとするメイ・サートンは、ますます深く、ますます輝きを増してゆくかに見える。

Long live, May Sarton!

*

親友の詩人、レネ・リオポルドさん（Renée Leopold）にすすめられて *Journal of a Solitude* をはじめて読んだのは、八〇年代の半ばではなかったかと思う。王朝の歌人を思わせる繊細でとぎすまされた感性とやわらかい詩心、その背後にある、古武士のような克己の精神に魅せられ、たまたま別の本をすすめてくださった、みすず書房編集部の栗山雅子さんに読んでいただいたのがきっかけになって、とうとう出版までこぎつけた。個人的な事情で、かなり時間がかかってしまったが、じつに寛大に、辛棒強く待ってくださった。この数年を通じて、よき刺戟と激励を与えてくださった栗山雅子さんはじめ、出版の英断に加わられた、みすず書房のみなさんに、心からお礼を申しあげたい。

この驚くべき詩人の存在を知らせ、サートン解読を助けてくださったRenée Leopoldさんと、詩を愛することを教えてくれた、メイ・サートンと同年齢のわが母に、この拙い訳書を献げたい。

一九九一年九月十日

ニュージャージーにて

武田尚子

追記

メイ・サートンは一九九五年七月一六日、メイン州ヨークの病院で亡くなられた。その晩年を支え、書簡集『日常のメイ・サートン』を編集した親友スーザン・シャーマンにみとられての祝福された最後だった。完全に明晰な意識で死を迎えたサートンは『今かくあれども』のカーロが望んだとおり、死の瞬間まで、人生という冒険を生きぬかれたと思う。

サートンの資産や死後の印税は、遺言によって、サートン基金に入れられ、若い詩人と、科学史の学徒を交互に援助するためにつかわれる。

一九九六年一月

著者略歴

(May Sarton, 1912-1995)

ベルギーに生まれる．4歳のとき父母とともにアメリカに亡命，マサチューセッツ州ケンブリッジで成人する．一時劇団を主宰するが，最初の詩集（1938）の出版以降，著述に専念．小説家・詩人・エッセイストで，日記，自伝的エッセイも多い．著書『ミセス・スティーヴンズは人魚の歌を聞く』（1993）『今かくあれども』（1995）『夢見つつ深く植えよ』（1996）『猫の紳士の物語』（1996）『私は不死鳥を見た』（1998）『総決算のとき』（1998）『海辺の家』（1999）『一日一日が旅だから』（詩集，武田尚子編，2001）『回復まで』（2002）『82歳の日記』（2004）『70歳の日記』（2016）『74歳の日記』（2019）『終盤戦　79歳の日記』（2023，いずれもみすず書房）他多数．

訳者略歴

武田尚子〈たけだ・なおこ〉Naoko Takeda Yarin. 岡山県に生まれる．津田塾大学英文科卒業．翻訳家．アメリカ在住．訳書　モリス『テレビと子供たち』（1972）デニスン『学校ってなんだ』（1977）ブルーメンフェルド『ジェニーの日記』（1984）シルバーマン『アメリカのユダヤ人』（1988）リフトン『子供たちの王様――コルチャック物語』（1991，いずれもサイマル出版会）サートン『ミセス・スティーヴンズは人魚の歌を聞く』（1993）『今かくあれども』（1995）『夢見つつ深く植えよ』（1996）『猫の紳士の物語』（1996）『私は不死鳥を見た』（1998）『海辺の家』（1999）『一日一日が旅だから』（2001，いずれもみすず書房）他．

メイ・サートン
独り居の日記
武田尚子訳

1991年10月31日　初　版第1刷発行
2016年 9 月 1 日　新装版第1刷発行
2024年 7 月23日　新装版第9刷発行

発行所 株式会社 みすず書房
〒113-0033 東京都文京区本郷2丁目20-7
電話 03-3814-0131(営業) 03-3815-9181(編集)
www.msz.co.jp

本文印刷所 三陽社
扉・口絵・表紙・カバー印刷所 リヒトプランニング
製本所 誠製本

ISBN 978-4-622-08558-4
[ひとりいのにっき]